図書館版

NHK

100分de名著

読書の学校

養老孟司 特別授業

坊っちゃん

夏目漱石

養老孟司 Yōrō Takeshi 特別授業『坊っちゃん』

図書館版 NHK 100分de名著 読書の学校

もくじ

第3講

先生が教えない大切なこと

第4講

寄り道のすすめ

はじめに――本ばかり読んでも意味がない

私は大学生に長く講義をしてきた。大学は自ら学ぶところである。だから手取り足取り教えはしない。今回、そんな私に、何か一冊本を選んで話をしてほしいと依頼《いらい》があった。相手は中学生だという。

何が良いかと考えた末、私がちょうど中学生の時に面白く読んだ夏目漱石《なつめそうせき》の『坊《ぼ》っちゃん』を選んだ。今回、私の講義を聞きたいというお茶の水女子大学附属《ふぞく》中学校の一五人の物好きの生徒たちは、事前に『坊っちゃん』を読み、質問を用意してくれた。

どの生徒の質問も、とても丁寧《ていねい》な字で書いてある。内容もよく読めている。大学なら、「まあこれくらい読めているのなら、あとは自分で考えてください」と言って何も話さずに帰るところだ。自分でここまでわかっているのなら余計なことは言わないほうがいい。

しかし今回は、少し踏《ふ》み込《こ》んで私の思うところを話すことにした。

いつの頃《ころ》からか、「読み聞かせをすれば賢《かしこ》くなる」「読書をすれば賢《かしこ》くなる」と勘違《かんちが》いする親が増えてきた。要するに、脳の特定の部分をいかに発達させるかが重要だと考えているのだろう。私はそれが不思議でならない。生き物は身体全体で一つのまとまりである。なぜ言語能力だけを高めることで賢《かしこ》くなると思うのか。

そもそも、脳のプログラムには、「入力」「演算」「出力」が必要だ。五感で何かを感じ、頭の中で考える、そして身体を動かして行動する。それを繰《く》り返しながらプログラムができていく。これは赤ん坊《ぼう》の時から同じ仕組みで、ハイハイと言葉は密接に結びついている。自分で動けるようになると、脳の入力、演算、出力がぐるぐると活発に回り始める。

手を動かしてじっと見つめる。舐《な》める。それを繰《く》り返して自分の手だと認識する。でもまだ言葉はない。ハイハイすると世界の景色が変わる。遠くにあって小さく見える何か赤いもの、そこにハイハイで近づいた時に、その赤いものは大きく見えるようになる。違《ちが》って見えるものの「同じ」を見つけることができた時、それはどちらも同じ「リンゴ」なのだということが認知できる。言葉を獲得《かくとく》するというのは、そういうことだ。そして「リンゴ」と言えるようになるまでには、さらなる入力、演算、出力の繰《く》り返しが必要だ。

入るところと出るところが豊かになれば、自然に「演算」部分は豊かになっていく。

昔の人はそれを体感的に知っていたのではないかと思う。私は本が好きだったが、「本ばかり読むな」「本を読むと自分で考えなくなる」とよく言われたものだ。

戦時中は知的飢餓《きが》状態だった。本そのものもないし、子どもの本なんてもってのほかだ。私の母親は医者で忙《いそが》しく、読み聞かせなんてしてもらった覚えはない。遊ぶ時は友だちと川で魚を捕《と》ったり、山で虫を捕《と》ったりしていた。

「本は読むな」と言われていたものだから、言葉に対する飢餓感《きがかん》がある。その上、暇《ひま》を持て余していた。テレビもスマホもなく、友だちと会えない時間は本でも読むしかない。

「本を読め」と言われると読みたくなくなる。私の子どもも嫌《いや》がっていた。「読むな」と言われると読みたくなる。それが普通《ふつう》の心理だろう。自我が確立すれば、放っておいても、知りたいことがあれば自分で本を読むようになる。

イギリスのチャーチル元首相は、若い時には本を読まなかったと聞いている。学生時代は成績はどん底、落ちこぼれで問題児。成人になった頃《ころ》から勉強を始めた。それでもノーベル文学賞を受賞した。いつから本を読み始めるか、いつ学問に目覚めるか。それは人それぞれで、周りに言われてできることではない。

つまり、家の中で「読書や勉強（＝入力）」ばかりしていても意味がないということだ。それを大人が子どもに強要することも意味がない。そのことを前提にしてこの本を読み進めてほしい。

しかし人によっては、読書が人生を変えることもある。ただしそれは、周りにいくら勧《すす》められようと、何か立派な賞を受賞した作品であろうと、関係ない。本人が、人生をかけて読むという姿勢であることが必須《ひっす》である。私にとってそれは、デカルトの『方法序説《ほうほうじょせつ》』と、R・D・レインの『引き裂《さ》かれた自己』だった。

デカルトの『方法序説』を読んだのは大学院に入る頃《ころ》、基礎《きそ》医学か臨床《りんしょう》医学か、自分の人生の岐路《きろ》に立った時のことだ。デカルトは、科学者になるための基本的なところを、短く、明晰《めいせき》に、論理的に書いている。私は自分の人生の選択《せんたく》の場面で参考にしようと必死に読んだ。だから、哲学書《てつがくしょ》としてあの本を読む人とは違《ちが》って読めたのだと思う。その後、私が学問を方法論として学んできたのも、デカルトによるところが大きい。

もう一冊、『引き裂《さ》かれた自己』を書いたR・D・レインは、イギリスの精神科医だ。分裂《ぶんれつ》病質の患者《かんじゃ》を論理的に解釈《かいしゃく》して書かれたこの本は、大きな説得力を持つ。私はそれまで心理学に関心を持っていた。しかし、レインは論理的に人の心や行動を考察していた。「精神の変調の原因は論理的に解くことができる」と示していた。大切なのは、心理ではなく論理だと私は思うようになった。

この本は、私の個人的な心的問題の解決にも影響《えいきょう》している。私は子どもの頃《ころ》から挨拶《あいさつ》が苦手だった。自分ではなぜ挨拶《あいさつ》が苦手なのだかわからなかった。しかし、この本を読むことで、自分が挨拶《あいさつ》ができないことには原因があることに気づかされた。その原因に明確にたどり着くことができたのは、私が四〇代後半の頃《ころ》のことだ。

私の父親は、私が五歳《さい》になる直前に死んだ。父の臨終の時、私は起こされて「おとうさんにさよならと言いなさい」と言われた。私は言えなかった。さよならを言わないことは、私にとって父親を殺さない方法だったのである。ある日、地下鉄に乗っている時、私にはそのことが突《とつ》然《ぜん》わかった。挨拶《あいさつ》ができないのは、父親の死と関係していたのだと。そうしたら初めて涙《なみだ》が溢《あふ》れ出た。その時、私の中で父親が死んだ。

この本を読んで私が気づいたことや、この本が私にもたらしたことは、このようなほんの数行で伝えきれることではないが、R・D・レインの『引き裂《さ》かれた自己』は、確かに私を大きく変えた。挨拶《あいさつ》ができないという癖《くせ》は、それ以降なくなった。私の問題を完全に論理的に解く助けとなった本である。

人生を変える本があるように、世の中には人生をかけて書かれた本がある。私が面白いと思うのは、そういう本だ。『坊っちゃん』は、漱石が人生をかけて書いた本である。

私は、読書はコミュニケーションだと思っている。作者の言葉の向こうに、本当に言いたいことがある。本当はこれが言いたいのではないか。そう自分で推測しながら、書かれていないところに何かを読むのが面白いのである。

一五人いれば、一五通りの読み方がある。そこに本の面白さがある。これから、一五人の中学生たちと一緒《いっしょ》に『坊っちゃん』を読んでみようと思う。

養老　孟司

第1講

「大人になる」とはどういうことか

なぜ国民的作品なのか

今日は皆《みな》さんと夏目漱石《なつめそうせき》の『坊《ぼ》っちゃん』を読むことになりました。日本人なら誰《だれ》もが知っている国民的な作品です。

子どもの頃《ころ》から無鉄砲《むてっぽう》で、曲がったことが大嫌《だいきら》い。東京の下町で生まれ育った生粋《きっすい》の江戸《えど》っ子、坊《ぼ》っちゃんが、数学教師となって四国松山の中学校に赴任《ふにん》。そこで繰《く》り広げられる物語です。漱石自身も松山の中学校で教師をしていたことがあり、その体験をもとに書かれました。

赴任《ふにん》当初、生徒たちの悪ふざけに主人公が翻弄《ほんろう》される様子が面白おかしく展開します。そして、いつの間にか核心《かくしん》へと入っていく。話の大きな柱は、学校という組織や人間関係を裏で牛耳《ぎゅうじ》る悪者とその手下を、まっすぐな倫理観《りんりかん》で退治するという「勧《かん》善懲悪《ぜんちょうあく》」です。そこに登場するのは、「こんなやついるよな」と共感できるわかりやすいタイプの人物像。日本社会の縮図をシンプルに描《えが》いているといってもいいでしょう。

『坊っちゃん』という物語の底には、東京の下町の倫理観《りんりかん》が流れています。「そういう汚《きたな》いことはできねえ」という感覚がクリアに出ている。私は『坊っちゃん』から倫理観《りんりかん》を学んだと言っても過言ではありません。

そういうことを少し頭に置いて、まず、一緒《いっしょ》に冒頭《ぼうとう》を音読してみましょう。

親譲《おやゆず》りの無鉄砲《むてっぽう》で小供の時から損ばかりしている。小学校に居る時分学校の二階から飛び降りて一週間程腰《ほどこし》を抜《ぬ》かした事がある。なぜそんな無闇《むやみ》をしたと聞く人があるかも知れぬ。別段深い理由でもない。新築の二階から首を出していたら、同級生の一人が冗談《じょうだん》に、いくら威張《いば》っても、そこから飛び降りる事は出来まい。弱虫やーい。と囃《はや》したからである。小使《こづかい》に負ぶさって帰って来た時、おやじが大きな眼をして二階位から飛び降りて腰《こし》を抜《ぬ》かす奴《やつ》があるかと云ったから、この次は抜《ぬ》かさずに飛んで見せますと答えた。

声に出して読んでみるとよくわかりますが、漱石の文章にはリズムがあります。正《まさ》岡子規《おかしき》*と同窓で、俳句や漢詩に造詣《ぞうけい》が深かったこと、落語が好きだったことも関係しています。

皆《みな》さんはどんな印象を受けましたか。

――流れるような感じがする。

――ほかの文豪《ぶんごう》と違《ちが》って、読みやすい文章だと思った。

この小説はとても短い時間で書かれたそうです。まさに私がいま話しているように流れるように書いており、原稿《げんこう》には修正の跡《あと》もほとんどない。一週間から一〇日間くらいで書かれたと言われています。

四〇〇字詰《づ》め原稿《げんこう》用紙で、一週間なら一日平均三一枚。一〇日間だとしても一日平均二〇枚のペースで書かれたとある。想像してください。それだけの作文が宿題に出たら、皆《みな》さんは到底《とうてい》書けません。

このように勢いのある心地よいテンポは記憶《きおく》に残る。読むとすぐに覚えてしまう。

＊正岡子規

一八六七～一九〇二。俳人、歌人。本名は常規《つねのり》。東京帝国《ていこく》大学（現・東京大学）で夏目漱石とともに学ぶ。俳句・短歌の革新運動に尽力《じんりょく》し、俳誌「ホトトギス」を指導、歌論『歌よみに与《あた》ふる書』を著す。晩年は結核《けっかく》のため病床《びょうしょう》にありながら創作を続けた。

その感じが最初の一文「親譲《おやゆず》りの無鉄砲《むてっぽう》で小供の時から損ばかりしている」によく表れています。どうですか。もう頭に刻まれましたね。

私と漱石の出会い

漱石の小説は、ほかにも印象的な冒頭《ぼうとう》が多い。最初の一文を読んだだけで、どの作品かがわかります。

吾輩《わがはい》は猫《ねこ》である。名前はまだ無い。（『吾輩《わがはい》は猫《ねこ》である』*）

山路《やまみち》を登りながら、こう考えた。
智《ち》に働けば角《かど》が立つ。情《じょう》に棹《さお》させば流される。意地を通せば窮屈《きゅうくつ》だ。兎角《とかく》に人の世は住みにくい。（『草枕《くさまくら》*』）

＊『吾輩は猫である』
一九〇五年に雑誌「ホトトギス」に発表。漱石のデビュー作。飼い猫《ねこ》の目を通して、文明や世相を風刺的《ふうしてき》に描《えが》いた作品。当時漱石は気鬱《きうつ》状態にあり、俳句の仲間であった高浜虚子《たかはまきょし》（「ホトトギス」主宰《しゅさい》）に勧《すす》められて執筆《しっぴつ》した。

＊『草枕』
一九〇六年に雑誌「新小説」に発表。俗世《ぞくせ》から離《はな》れて「人情」とは無縁《むえん》の世界に生きようとする青年画家の悟《さと》りを描《えが》く。

私《わたくし》はその人を常に先生と呼んでいた。だから此所《ここ》でもただ先生と書くだけで本名は打ち明けない。(『こころ*』)

私が漱石の文章に初めて触《ふ》れたのは、『吾輩《わがはい》は猫《ねこ》である』でした。小学校の五、六年生の頃《ころ》です。私は一九三七年生まれですから、五、六年生といえば戦争が終わって(一九四五年)数年後。大した娯楽《ごらく》もなく本を読むのにも苦労した中で、あれはとても印象的だった。

それまで私が学校で学んだ文学は、きちんとした筋書きがあり、起承転結があるものばかりでした。しかし『猫《ねこ》』にはそれがない。

『吾輩《わがはい》は猫《ねこ》である』は漱石が最初に書いた小説です。主人公の「苦沙弥《くしゃみ》先生」やその友人たちなど、主要人物が何かを成し遂《と》げるでもない。大きな事件が起こるでもない。脇道《わきみち》にそれてばかりで、話もつながっているようなつながっていないような感じがする。とりとめのない小さな事件やユーモラスな話がダラダラと書かれている。

私はこういう書き物が一番好きです。当時は小学生ですから、「この雰囲気《ふんいき》がなん

＊『こころ』
一九一四年、「朝日新聞」に連載《れんさい》。若い学生の「私」が、夏の海岸で「先生」と知り合い親交を重ね、その秘密を明かされる。『彼岸過迄《ひがんすぎまで》』『行人《こうじん》』とともに、漱石の「後期三部作」といわれる。

とも好きだなあ」と思っただけですが、いま読み返してみると、「これが人生というものだ」という気がするのです。

それ以来、私は漱石が好きになりました。

漱石が現代の日本語を作った

漱石の文体は、同時代の作家たちのそれとはかなり違《ちが》いました。森鷗外《もりおうがい》*の『舞姫《まいひめ》』、幸田露伴《こうだろはん》*の『五重塔《ごじゅうのとう》』、樋口一葉《ひぐちいちよう》*の『たけくらべ』などは文語体で書かれていました。例えば『舞姫《まいひめ》』の書き出しはこうです。

石炭をば早や積み果てつ。中等室の卓《つくえ》のほとりはいと静にて、熾熱燈《しねっとう》の光の晴れがましきも徒《いたずら》なり。今宵《こよい》は夜毎《よごと》にここに集ひ来る骨牌《カルタ》仲間も「ホテル」に宿りて、舟《ふね》に残れるは余一人のみなれば。

＊森鷗外

一八六二〜一九二二。小説家、軍医。東京大学医学部を卒業後、軍医となるかたわら作家として活躍《かつやく》。作品に『舞姫』『ヰタ・セクスアリス』『雁』『阿部一族』『山椒大夫』などがある。

＊幸田露伴

一八六七〜一九四七。小説家、劇作家、随筆家《ずいひつか》。格調高い雅俗《がぞく》折衷《せっちゅう》文体が特徴《とくちょう》。作品に『五重塔』『風流仏』『対髑髏《たいどくろ》』などがある。

これも有名な冒頭《ぼうとう》です。しかし、「早や積み果てつ」「いと静にて」「徒なり」と、古文の授業で習うような表現が続きます。いまの人が読めば「これは古文か」「平安時代の文章か」と思うでしょう。私も学生の頃《ころ》、このような作品は苦労しながら読みました。

日本語の文体は、明治時代の言文一致《いっち》運動*まで、平安時代から大きく変わっていませんでした。話し言葉と文語は乖離《かいり》していた。明治までは古文や漢文を読むことこそが教養だといった空気もありました。

私は、明治に出版された翻案《ほんあん》小説『小公子』を持っていますが、若松賤子《わかまつしずこ》*の翻訳《ほんやく》では、「ありませんかった（ありませんでした）」という表現が使われています。いまならおかしな日本語です。しかし当時はそれでよかった。語尾《ごび》も決まったものがあったわけではなく、まだ人によって様々な文体があり、それが許された時代です。

漱石の作品は、森鷗外や幸田露伴、樋口一葉などと同時代であるにもかかわらず、彼《かれ》らの作品に比べて大変読みやすい。さらに、『吾輩《わがはい》は猫《ねこ》である』が異例のヒットとなったことで、多くの人がそれを読み、その後の日本語にも大きな影響《えいきょう》を与《あた》えました。

＊樋口一葉

一八七二〜九六。小説家、歌人。貧窮《ひんきゅう》生活を送る中、歌塾「萩の舎《や》」で和歌を、作家・半井桃水《なからいとうすい》に小説を学ぶ。作品に『たけくらべ』『にごりえ』『大つごもり』などがある。

＊言文一致運動

文語体で書かれてきた文章を口語に近づけて、近代日本人の感情や思いを自由かつ精緻《せいち》に表現するための文体革命運動。漱石などによって明治後期に確立された。

よく使われる日本語が生き残り、言葉の使い方が変わっていくのは皆《みな》さんもご存知の通りです。

言葉は時代とともにどんどん変化します。しかし、漱石の場合は一〇〇年以上も前の作品にもかかわらず、現代の日本語と大差ない。漱石は、いまにつながる日本語を作った作家だと言えます。

私が文章を書き始めた時も、漱石の文章が私にとってのテキストでした。漱石の文章はわかりやすく、構築能力も優れている。『三四郎《さんしろう》*』などはその典型で、明解です。

多くの作家には、その作家固有の言い回しや表現があり、いい意味でも悪い意味でも引っかかるところがあります。しかし、漱石にはそれがない。誰《だれ》が読んでもわかりやすい。「わかりやすい＝易《やさ》しい」わけではありません。

漱石の文章は私にピッタリくるんです。以来、漱石の作品を次々と読んで、中学生でほとんどの作品を読み終わりました。当時は『三四郎』までは面白かった。ただ、『明暗』や『それから』は少し大人の小説で、あまりピンときませんでした。

読みやすく、わかりやすく、誰《だれ》もが知っている。私が子どもの頃《ころ》、漱石は国民的な

＊若松賤子

一八六四〜九六。明治期を代表する翻訳《ほんやく》家《か》。フェリス女学校卒業後、母校の英語教師となる。一八九〇〜九二年に翻案《ほんあん》小説『小公子』を「女学雑誌」に発表。

＊『三四郎』

一九〇八年に「朝日新聞」に連《れん》載《さい》。熊本《くまもと》から上京した帝大生《ていだいせい》・小川三四郎《さんしろう》の、故郷、学問、恋《れん》愛《あい》の三つの世界をめぐる青春物語。『それから』『門』とともに漱石の「前期三部作」といわれる。

作家でした。いまでもそれは変わっていません。毎年、読書感想文の課題図書にもなっている。日本人の多くは漱石の作品が好きなのです。

ペンネームの由来

ここで少し漱石について紹介《しょうかい》しましょう。

本名は夏目金之助《きんのすけ》。漱石はペンネームです。「漱石」には「負け惜《お》しみが強い、頑固者《がんこもの》」という意味があります。

もともと中国には「枕石漱流《ちんせきそうりゅう》(石に枕《まくら》し流れに漱《くちすす》ぐ)」という故事がありました。「川の流れで口をすすいで、石を枕《まくら》にして眠《ねむ》るような隠居《いんきょ》生活をしたい」という意味だった。晋《しん》の時代にこれを「漱石枕流《ちんりゅう》(石に漱《くちすす》ぎ流れに枕《まくら》す)」と言い間違《まちが》えた人がいた。すると「石で口をすすいで川の流れを枕《まくら》にするのか」と、間違《まちが》いを指摘《してき》されて笑われた。君たちもそういうこと、あるでしょう。でもその人は開きなおり、「石で歯を磨《みが》いて川の流れで耳を洗うんだ」と言ったという話がある。

言い間違《まちが》えても認めずに、理屈《りくつ》をつけてこれでいいんだと言い張る。そういう人はいまでもたくさんいます。私もそれに近い。漱石はこの言葉を気に入ってペンネームにしたようです。

漱石は一八六七年、慶応《けいおう》三年生まれ。一八六七年といえば日本の歴史の大きな転換《てんかん》点《てん》です。そう、岩倉具視《いわくらともみ》*が薩摩藩《さつまはん》と手を組んで幕府を倒《たお》し、第一五代将軍の徳川慶喜《とくがわよしのぶ》が*大政奉還《たいせいほうかん》を行った。翌年には元号も明治となりました。漱石はまだ残る江戸《えど》の空気に包まれながら明治を生きた人です。

一方、私は一九三七年、昭和一二年生まれ。私と漱石は七〇歳違《さいちが》う。漱石は五〇歳《さい》で亡くなりました。若くして亡くなった。私が生まれる二〇年前にこの世からいなくなった。

慶応《けいおう》は江戸《えど》時代最後の元号です。君たちからすれば、はるか昔のようだろうけれど、そう遠くもありません。私は鎌倉《かまくら》で育ちましたが、子どもの頃《ころ》、向かいの家に住んでいたおばあさんが慶応《けいおう》生まれでした。年齢的《ねんれいてき》に漱石は私のおじいさんでもおかしくない。中学生の皆《みな》さんからすれば、皆《みな》さんのおじいさんのおじいさんというところです。

＊岩倉具視

一八二五〜八三。幕末・明治期の公卿《くぎょう》、政治家。討幕運動の陰《かげ》の指導者として王政復古を実現した。一八七一年には岩倉使節団の正使として欧米《おうべい》を歴訪。この使節団には大久保利通《としみち》、伊藤《いとう》博文《ひろぶみ》、木戸《きど》孝允《たかよし》も参加した。

作品に残る江戸《えど》の空気

私は向かいに住んでいた慶応《けいおう》生まれのおばあさんと、実際にはほとんど話したことはありません。しかし、私の叔父《おじ》がまだ江戸《えど》の空気を残した東京の茅場町《かやばちょう》に住んでいた。時々そこへ遊びに行きましたが、子どもながらに鎌倉《かまくら》とは違《ちが》う雰囲気《ふんいき》だと思いました。日本橋の近くです。

漱石の作品の中には、江戸《えど》の空気が残っている。そして、江戸《えど》の城下町にあったような倫理観《りんりかん》がある。「坊っちゃん」は、たとえほかの人に知られなくても汚《きたな》いことはやらない。

例えば、自分の世話をし、可愛がってくれる「清《きよ》」という「下女」に対しても、こんなことを思っています。

清《きよ》が物をくれる時には必ずおやじも兄も居ない時に限る。おれは何が嫌《きらい》だと云って人に隠《かく》れて自分だけ得をする程嫌《いや》な事はない。兄とは無論仲がよくないけ

＊徳川慶喜

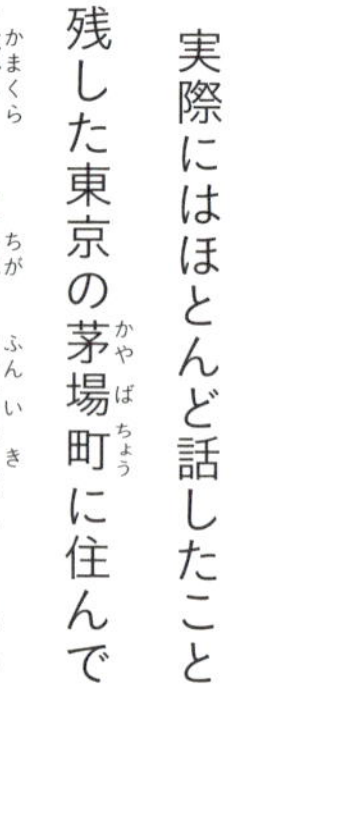

一八三七～一九一三。江戸《えど》幕府最後の将軍。安政の大獄《たいごく》で謹慎《きんしん》処分を受け、その後大政奉還《たいせいほうかん》により政権返上を天皇に奏上、江《え》戸《ど》城を明け渡《わた》す。戊辰《ぼしん》戦争終結後は駿府（現・静岡《しずおか》市）に居住。

れども、兄に隠《かく》して清から菓子《かし》や色鉛筆《いろえんぴつ》を貰《もら》いたくはない。なぜ、おれ一人にくれて、兄さんには遣《や》らないのかと清に聞く事がある。すると清は澄《すま》したもので御《お》兄様《あにいさま》は御父様《おとうさま》が買って御上《おあ》げなさるから構いませんと云う。これは不公平である。おやじは頑固《がんこ》だけれども、そんな依怙贔屓《えこひいき》はせぬ男だ。

漱石は、『坊っちゃん』の主人公、そしてその作品自体に、自分自身を投影《とうえい》していると私は考えています。

江戸《えど》っ子の無鉄砲《むてっぽう》な「坊っちゃん」は、四国の松山の中学校へ数学教師として赴任《ふにん》します。これも「親譲《おやゆず》りの無鉄砲《むてっぽう》が祟《たた》った」からとある。そして、松山では次々と騒《そう》動《どう》が起こる。坊っちゃんは生徒たちに手を焼き、事なかれ主義の教師たちにイライラする。嘘《うそ》や不正を許さない坊っちゃんの姿は痛快です。

『坊っちゃん』の正義感

先ほど話した通り、漱石の処女作は『吾輩は猫である』です。発表したのは三八歳《さい》の時。ではそれまで漱石は何をしていたか。

東京の師範《しはん》学校、*愛媛《えひめ》県松山の中学校、熊本《くまもと》の高等学校の英語教師を務めたのち、三三歳《さい》でロンドンに留学。英語の研究をした。神経衰弱《すいじゃく》もあり帰国後、大学講師などを務めるかたわら、エッセイや小説の執筆《しっぴつ》を始めています。

こうして経歴を見ると漱石は、人間形成をしていく時期、ずっと教育機関で過ごしていました。生徒でもあり、卒業してからも教師として教育機関にいた。漱石がよく知っていたのは、先生や生徒の人生であり、学校という場所だった。松山も実際に赴《ふ》任《にん》していますから、そこでの体験もベースにあるでしょう。

教頭の「赤シャツ」、美術教師の「野だ」、数学主任の「山嵐《やまあらし》」、英語教師の「うらなり君」らの人柄《ひとがら》や関係性、そこで起こるドラマを面白おかしく描《えが》いている。

こんな風に正義感を前面に出した小説、いまでもありますよ。ほら、皆《みな》さんもよく

＊師範学校
明治初期から第二次世界大戦終戦まで、教員養成を目的として運営された旧制の学校。

知っているはずです。「倍返しだ」のセリフで有名になったでしょう。

そう、池井戸潤《いけいどじゅん》。坊っちゃんはゲンコツで返しますが、池井戸潤が書いた「半沢《はんざわ》直樹《なおき》」は倍返し。元銀行マンの池井戸潤が銀行の内幕を明かして組織の葛藤《かっとう》や人間ドラマを描《えが》くように、元教師の漱石は、学校という組織の葛藤《かっとう》や正義、そこで繰《く》り広げられるドラマを描《えが》きました。実際にそこにいたからこそ描《えが》けるものがある。

『坊っちゃん』の登場人物はどれも典型的な人物で、赤シャツなんていまの官僚《かんりょう》そのものです。官僚《かんりょう》が全員そうだとは言わないけれど、最近はちょっと言いたくもなる。そういうやつには野だのような腰巾着《こしぎんちゃく》が必ず付いてくる。うらなり君のようなお人好しは、つらい目にあわされる。正義感の強い山嵐《やまあらし》のような対立軸《たいりつじく》もある。このように、世界がしっかりと構築されています。

こうした全体の構成を考えるのは、日本人は苦手です。日本では物語よりも、五感を通して感じるその時々のしみじみとした情緒《じょうちょ》を好む傾向《けいこう》がある。短歌や俳句の世界には、そうした物語構成は不要です。

漱石においてはロンドンでの英文学の研究が影響《えいきょう》しているのかもしれません。イギリスの作家は物語の構築が非常に上手《うま》い。『クリスマス・キャロル』や『二都物語』を書いたチャールズ・ディケンズ*や、『虚栄《きょえい》の市』のウィリアム・M・サッカレー*など、一九世紀に売れた作家はみな、巧《たく》みなストーリーテラーです。

そして、漱石自身も、権力や世間とうまく折り合うことができず苦労してきた。それが、『坊っちゃん』の主題になったのでしょう。

なぜ「あだ名」で描《えが》いたのか

ここまで、漱石の人物像や『坊っちゃん』という作品ができた背景について話しました。何か質問はありますか。

――『坊っちゃん』では、清以外の登場人物の名前が「あだ名」なのはなぜですか。

なぜでしょうね。坊っちゃんは常に斜《しゃ》に構えて状況《じょうきょう》を捉《とら》え、皮肉を言ったり揶揄《やゆ》

＊チャールズ・ディケンズ

一八一二～七〇。イギリスの小説家。主に弱者の視点から下流社会を描《えが》いた。上記二作品のほかに、『オリヴァー・ツイスト』『大いなる遺産』『デイヴィッド・コパフィールド』などがある。

したりしています。その時代や組織に対する正義を語る時、あだ名を使ったほうが滑《こっ》稽《けい》になることがある。

名前で語ると不自然に聞こえると思いませんか。嫌《いや》な先生、嫌《いや》なやつについて面白おかしく皮肉を言う時、皆《みな》さんもあだ名で呼ぶでしょう。

坊っちゃんは松山に着いた翌日、清へこのような手紙を書いています。

「きのう着いた。つまらん所だ。十五畳《じょう》の座敷《ざしき》に寐《ね》ている。宿屋へ茶代を五円やった。かみさんが頭を板の間へすりつけた。夕べは寐られなかった。清が笹飴を笹ごと食う夢を見た。来年の夏は帰る。今日学校へ行ってみんなにあだなをつけてやった。校長は狸《たぬき》、教頭は赤シャツ、英語の教師はうらなり、数学は山嵐《やまあらし》、画学はのだいこ。今に色々な事をかいてやる。さようなら」

あだ名で書くことで、坊っちゃんの気分や、それぞれの人物がよく見えてくる。

『坊っちゃん』では、「あだ名で書く気分」が非常に効いています。坊っちゃんがちょっ

＊ウィリアム・M・サッカレー

一八一一〜六三。イギリスの小説家。ディケンズと並び称《しょう》されるが作風は異なり、上中流の社会を描《えが》いた。長編小説『虚栄《きょえい》の市』で一躍《いちやく》有名に。ほかに『バラと指輪』『バリー・リンドン』などがある。

と斜《しゃ》に構えている感じや、滑稽《こっけい》な感じも出る。
実際の場面で見てみましょう。

おれは校長の言葉を聞いて、成程《なるほど》校長だの狸だのと云うものは、えらい事を云うもんだと感心した。こう校長が何もかも責任を受けて、自分の咎《とが》だとか、不徳だとか云う位なら、生徒を処分するのは、やめにして、自分から先へ免職《めんしょく》になったら、よさそうなもんだ。そうすればこんな面倒《めんどう》な会議なんぞを開く必要もなくなる訳だ。

おれとうらなり君とはどう云う宿世《すくせ》の因縁《いんねん》かしらないが、この人の顔を見て以来どうしても忘れられない。控所《ひかえしょ》へくれば、すぐ、うらなり君が眼につく、途中《とちゅう》をあるいていても、うらなり先生の様子が心に浮《うか》ぶ。温泉へ行くと、うらなり君が時々蒼《あお》い顔をして湯壺《ゆつぼ》の中に膨《ふく》れている。挨拶《あいさつ》をするとへえと恐縮《きょうしゅく》して頭を下げるから気の毒になる。学校へ出てうらなり君程大人しい人は居ない。滅多《めった》に笑った事もないが、余計な口をきいた事もない。赤シャツは声が気に食わない。あれは持前の声をわざと気取ってあんな優《やさ》しい様に見せてるんだろう。いくら気取ったって、あの面《つら》じゃ駄目《だめ》だ。惚《ほ》れるものがあったってマドンナ位なものだ。

それ以来山嵐はおれと口を利《き》かない。机の上へ返した一銭五厘《りん》は未《いま》だに机の上に乗っている。ほこりだらけになって乗っている。おれは無論手が出せない、山嵐は決して持って帰らない。この一銭五厘《りん》が二人の間の墻壁《しょうへき》になって、おれは話そうと思っても話せない、山嵐は頑《がん》として黙《だま》ってる。おれと山嵐には一銭五厘《りん》が祟《たた》った。

少し読んだだけで、どんな人物かよくわかります。あだ名を見ただけで喚起《かんき》されるイメージが手伝って、映像が見えてくる。あだ名が人物のイメージをさらに強めています。逆に、実名では人物を踊《おど》らせにくいのかもしれません。

それに対して、清だけが名前で呼びかけられています。清は、ほかの登場人物とは異なる存在であることがわかります。坊っちゃんがどんなことをしようと、そのまま肯定的《こうていてき》に受け入れてくれるのは清だけです。清については、もう少し『坊っちゃん』を読み進めてから考えていくことにします。

「大人」ってなんだ？

さて、ほかに何か質問はありますか。

――『坊っちゃん』という題名にはどのような思いが込《こ》められていますか。

なぜ『坊っちゃん』なのか。なかなか鋭《するど》い質問です。「坊っちゃん」と聞いて何を思い浮《う》かべますか。まず、子どもっぽいですね。「坊っちゃん」という呼びかけは大人に対してはしません。ここには、裏の意味がありそうです。

子どもというのは、社会の価値観とぶつかります。思い当たる節《ふし》はありませんか。人間も生まれてきた時は動物とそれほど違《ちが》いはありません。

子どもは自然に近い生きものです。しかし、成長するにつれ、子どものままでは生きていけなくなる。生きづらくなってくる。大人として社会の中で生きていくためにどうすればいいかを考えることになります。

子どもが大人になるにつれて、社会との葛藤《かっとう》、食い違《ちが》いが起こる。そうした社会との食い違《ちが》いが、漱石の中にも切実な問題として存在していたのではないかと思います。『坊っちゃん』は、子どもが大人になっていくある種の過程です。その過程は松山の中学校を舞台《ぶたい》に、教員の世界として描《えが》かれている。その裏に流れているのは、大人になって日本の世間とどう折り合うか、すでに折り合って生きている人をどう見たらいいのかということです。

私たちは生まれてくる時、なんのバックグラウンドも持っていません。まっさらな状態です。最初はみんな〇・二ミリメートルの卵でした。人の目は〇・一ミリメートルまで見えますから、肉眼でようやく見える大きさです。細胞分裂《さいぼうぶんれつ》をして、お母さんから栄養をもらって、生まれてきた時は三キログラム前後になっている。卵から始まって、生まれて、赤ちゃん、子どもになる。

毎日ご飯を食べて、三〇キロ、四〇キロと、身体は大きくなっていく。田んぼや畑でできたもの、海や山で採れたものを食べて、それが身体になっていく。そのことを忘れている人がほとんどですが、私たち人間は田んぼや畑の成れの果てだと言ってもいいくらいです。

身体はそうして大きくなるけど、いろいろな「思い」はどうだろう。

子どもの時は、坊っちゃんにとっての清のような、君たちでいえば親のような、無条件の愛情のようなものに守られています。「母も死ぬ三日前に愛想《あいそ》をつかした――おやじも年中持て余している――町内では乱暴者の悪太郎《あくたろう》と爪弾《つまはじ》きをする」という坊っちゃんでさえも、清はこう言うのです。

清は時々台所で人の居ない時に「あなたは真《ま》っ直《すぐ》でよい御気性《ごきしょう》だ」と賞《ほ》める事

が時々あった。然《しか》しおれには清の云う意味が分からなかった。好《よ》い気性なら清以外のものも、もう少し善くしてくれるだろうと思った。清がこんな事を云う度におれは御世辞《おせじ》は嫌《いや》だと答えるのが常であった。すると婆《ばあ》さんはそれだから好い御《ご》気性《きしょう》ですと云っては、嬉しそうにおれの顔を眺《なが》めている。自分の力でおれを製造して誇《ほこ》ってる様に見える。少々気味がわるかった。

けれど、いつしか社会と接触《せっしょく》して、社会の中で生きていかなければならなくなる。そこには大きな葛藤《かっとう》が生まれる。これは、どの人にもどんな時代にも共通することです。

さて、坊っちゃんは大人でしょうか。教師なのだから大人に決まっている。そんな声も聞こえてきそうです。でも、どこか大人になり切れていない。だから「坊っちゃん」と呼ばれる。学校という社会との軋轢《あつれき》が次々に起こる。

大人になるってどういうことなのか。坊っちゃんは大人になれるのか。君たちは大人なのか。果たして八一歳《さい》の私は大人なのか。

この作品の大きなテーマにたどり着きました。「大人になる」ということについて、これから深く考えていきましょう。

COLUMN 1

漱石と松山

漱石が愛媛《えひめ》県尋常《じんじょう》中学校の英語教諭《きょうゆ》として松山へ赴任《ふにん》したのは、明治二八年四月、二八歳《さい》のことだ。松山で過ごしたのは一年間だが、その後の作家活動につながる重要な期間だったといわれている。月給は八〇円。同校の校長が六〇円だというから破格《はかく》である。しかし、漱石はその月給のためだけに松山を選んだのではなかった。

漱石の研究で知られる文学評論家の江藤淳《えとうじゅん》は、漱石の松山行きに関してこう分析《ぶんせき》している。

「彼《かれ》はなによりも遠い所に行きたかったのである。『罪』からのがれるために、そして『生』に出逢うために。それはまた自己流謫《るたく》でもあり、かつ自己回復への希求でもあった」

その「罪」とはなんだろうか。漱石は、嫂《あによめ》であり、同じ屋根の下に暮らす登世《とせ》を敬愛していた。登世は明治二一年に三兄の和三郎《わさぶろう》の妻となったが、漱石と同い年だった。実際にどのような関係だったかは諸説あるが、漱石が想いを寄せていたのは間違《まちが》いない。明治二四年七月、その登世は懐妊中《かいにんちゅう》に死去した。明治二五年に和三郎が再婚《さいこん》すると漱石は分家した。分家したのは、徴兵《ちょうへい》を逃《のが》れるためだったとも言われている。兄の新しい嫁《よめ》との同居を避《さ》けたかったのかもしれない。

松山は、漱石と交流の深かった正岡子規《まさおかしき》の生まれ育った地だ。登世を亡くした翌夏に松山を訪れたこともあり、漱石には縁《えん》のある場所だった。

松山での体験は『坊っちゃん』にも反映されている。それまで大学や大学院に通うかたわら、東京専門学校講師、東京高等師範《しはん》学校英語教師などを務めていたので、教師としての仕事は初めてではなかった。しかし、「ぞなもし」という方言、温泉、松山の中学生の反応、隣人《りんじん》たちの様子など、東京の街中で育った漱石が目にした田舎の風景や人間模様は興味深かったのだろう。

松山時代の漱石

漱石が松山に赴任《ふにん》した時、子規は従軍記者として戦地・旅順《りょじゅん》に赴《おもむ》いた後、病気が悪化して帰国、神戸で療養《りょうよう》していた。八月には郷里である松山に戻《もど》り、漱石の下宿に同居することとなった。一階を子規に明け渡《わた》し、漱石は二階で生活するが、子規を訪ねて毎日のように俳句仲間が集う。あまりにもうるさいので漱石もいつの間にか運座（一定の題で句作し、句を互選《ごせん》する）に参加するようになっていた。子規は一〇月末には東京へ戻《もど》ったが、漱石はその後も句作を続け、松山から東京の子規に送り続けている。その一つにこんな句がある。

名月《めいげつ》や故郷《ふるさと》遠き影法師《かげぼうし》

月を背に自らの影《かげ》を見つめる漱石の心境はどのようなものだったのだろうか。

子規は帰京し、文学を語り句作を共にする唯一《ゆいいつ》の友もいなくなった。賑《にぎ》やかだった毎日が途切《とぎ》れ、それまで忘れていた孤独《こどく》を強く感じたのか。東京での在りし日を遠くに想っていたのか。登世に思いを馳《は》せていたのか。

漱石はこの頃《ころ》から、松山での日々を終わりにして違《ちが》う土地へ動くことを考え始めている。子規への手紙にはこう書き記した。

「この頃《ころ》愛媛《えひめ》県には少々愛想が尽《つ》き申候故どこかへ巣を替《か》へんと存候」

年末年始には一時帰京し、見合いをして中根鏡子《なかねきょうこ》との縁談《えんだん》をまとめた。久しぶりに東京で過ごした漱石は、松山にますます嫌気《いやけ》がさし、松山赴任《ふにん》から一年後、熊本《くまもと》へと向かうこととなる。

松山の住居。漱石は俳号を「愚陀仏《ぐだぶつ》」と称《しょう》し、この家を「愚陀仏庵《ぐだぶつあん》」と名付けた

コラム制作：編集部（以下同）

第2講

自分の頭で考えろ

人はいつ変わるのか

『坊《ぼ》っちゃん』の大きなテーマは「大人になる」ということです。では「大人になる」とはどういうことか。

ほんの〇・二ミリメートルの卵からどんどん大きくなって、私たちはどこで大人になるのか。

「一メートル五〇センチを超《こ》えたら大人」「二〇歳《さい》になったら大人」「いやいや、一八歳《さい》から成人となったから一八歳《さい》だ」

こうして考えてみると、だんだん不思議になってくる。私は八一歳《さい》になったいまでもわからない。

「オレは一体、いつ大人になったんだ？」

人間というものは、初めからこういうものだと決まっているわけではない。ある時期になればみんなが同じように大人になるわけでもない。

「大人になる」は、『坊っちゃん』という作品のテーマであると同時に、漱石のテーマでもあったはずです。

周りの状況《じょうきょう》や環境《かんきょう》が変われば、人は大きく変わります。その状況《じょうきょう》に実際に置かれてみないと、どのように変わるか自分でも予想できない。

漱石にとっては留学が大きな転機でした。東京帝国《ていこく》大学、いまの東京大学で英文学を学び、いくつかの学校で英語教師を七年務めた後、文部省派遣《はけん》留学を命じられて、ロンドンへ行きました。

本人はあまり乗り気ではなかったようですが、英語や英文学の研究のために国からお金をもらって、苦労して汽船ではるばる向かった。ロンドンでは、シェイクスピア*研究家の個人教授を受けた記録が残っています。二年目には留学費の不足や孤独感《こどくかん》から神経衰弱《すいじゃく》になったと言われています。

「自分で考える」ことから始める

漱石はロンドンでこう考えたはずです。

＊シェイクスピア

一五六四～一六一六。イギリスの劇作家。作品に『から騒《さわ》ぎ』『お気に召《め》すまま』『十二夜』（三大喜劇）、『ハムレット』『オセロー』『リア王』『マクベス』（四大悲劇）などがある。

「自分がやりたかった文学とは何か」「文学って一体なんなんだ」

日本に妻子を残し、遠く離《はな》れた外国の地で、英文学の研究を進めながら何を思ったか。

面白くない。ピンとこない。俺《おれ》がやりたいのはこういうことじゃない。そう思ったのかもしれない。でもそれでは済まされないこともわかっている。わざわざ外国まで来た。国からお金を出してもらった。何か成果をあげなきゃならんと焦《あせ》る。教えられる文学論はどうも腑《ふ》に落ちない。しかもそれは自分の考えていることや、やりたいこととは全く違《ちが》う。

そんな状況《じょうきょう》になったら、参って当然です。

漱石は、二年間の留学が終わりを迎《むか》える頃《ころ》になって次のように悟《さと》ったと、帰国後の講演で話しています。

「他人の言う通りに勉強してもダメだ。自分で考えるしかない」

自分のやりたいことについて悶々《もんもん》と考え抜《ぬ》いた結果、そう思い至ったのでしょう。

帰国してから漱石は、『吾輩《わがはい》は猫《ねこ》である』『坊《ぼ》っちゃん』などの小説を書き始めました。

漱石にとって、それが、自分が発した疑問「文学って一体なんなんだ」の答えでした。文学とはどういうものか、自分で文章を書きながら取り組み始めた。答えといっても、君たちが試験で答案用紙に書くような答えではありません。人生には正解なんてどこにもない。答えは自分で探すものです。そしてまた、見つけたと思った答えが変わることもある。

「自分で考えるしかない」

漱石はそう腹をくくりました。漱石はこれを「自己本位」という概念《がいねん》として語っています。これは自分中心、自分勝手ということではありません。自分で考えるということです。考える人の自立です。

つまりこれが、「大人になる」ということだと私は考えています。

死体を前に問いを立てた日々

私は、漱石に非常に共感します。

今更《いまさら》ですが、皆《みな》さんは私が何をしていたか知っていますか。『バカの壁《かべ》』*を書いた人」「虫が好きなおじいさん」、どれも当たっていますが、私は仕事としては解剖学《かいぼうがく》を研究していました。自ら解剖《かいぼう》をしたり、学生に解剖《かいぼう》を教えたりしていた。

若い頃《ころ》にはずいぶん悩《なや》みました。「解剖学《かいぼうがく》とは一体何か」と何度も考えました。解《かい》剖学《ぼうがく》というのは非常に変な学問です。

私は医学部を出ていますが、医者と比べるとよくわかります。臨床医《りんしょうい》の場合には、椅子《いす》に座っていれば患者《かんじゃ》さんが問題を抱《かか》えてやってくる。頭が痛い、骨が折れた、熱があると教えてくれる。つまり、問題は常に患者《かんじゃ》さんから提示されます。問題が自分を訪ねてやって来てくれるのです。自分で問題提起をする必要がないというのは、非常に楽です。

しかし解剖《かいぼう》は、目の前に死体があって、私がいるだけ。その死体のどこを切ってどこを見るかは全部こちらの仕事です。私が考えて決めなければならない。死体は死んでいますから、ここを切れ、あそこを切れとは教えてくれません。これは非常に困る。自分で問いを立てなければ前に進めない。問題そのものを自分で見つけるところか

＊『バカの壁』
養老孟司著、新潮新書、二〇〇三年。人生でぶつかる問題について多様な角度からヒントを提示した本書は、四〇〇万部を超《こ》えるベストセラーとなった。

ら始まります。それは雲をつかむような話です。

私はそもそも自分で問題を見つけることが苦手でした。だからこそ、私は医者になってはまずいと思った。問題が向こうからやってくる「楽さ」に慣れて、自分が怠《なま》けてしまうのではないかと危惧《きぐ》しました。そもそもあまり自分が持っていなかった「問題を考える能力」がなくなってしまうのではないかと思ったのです。

自分が学ぶためにはどうするのがよいかと考えた末、臨床《りんしょう》医学ではなく解剖学《かいぼうがく》を選びました。そういう意味では大変なほうを選んだ。わかっていたことですが、やっぱり苦労しました。

でも、いいこともあります。臨床《りんしょう》の患者《かんじゃ》さんは嘘をつくんです。嘘をつくという語弊《ごへい》がありますが、「痛い」と言っても、どこまで痛いのかはその人の感覚でしかありません。頭が痛いといっても原因は違《ちが》うところにあることもある。

ところが、死んだ人は嘘をつきません。ですから非常に安心です。自分が間違《まちが》えるだけのこと。相手に騙《だま》されることはありません。

ただ、私の場合、ようやく自分で選んで動き出したと思ったら、大学紛争《ふんそう》*が始まっ

＊大学紛争

一九六〇年代末期、世界的な学生運動の高まりを受け日本でも広まった、大学側と学生側の紛争《ふんそう》。その目的は大学の民主化から社会変革、日米安保反対まで多岐《たき》にわたった。活動はストライキからバリケードによる大学封鎖《ふうさ》までエスカレートしていき、六九年に東京大学で起きた安田講堂事件がピークといわれる。七〇年には終息。

た。大学から追い出されたこともありました。

人生は、何があるかわからない。どんなに強い思いを持って自分で決めたって、世の中がでんぐり返ってしまうことがある。戦争が起これば、どんなに自分で考えたところで、その通りに生きられるわけではない。そのことも、漱石は十分承知だったと思います。

社会的地位か、自分で選んだ道か

私の話になってしまいました。漱石の話に戻《もど》しましょう。

当時、漱石は世間からどう見られていたのか。明治の日本です。

漱石は帝国《ていこく》大学で英文学を学びました。当時、文士はまともな職業とは思われていませんでした。江戸《えど》時代にも文章を生業《なりわい》とする人はいました。とはいえ、その多くは戯作者《げさくしゃ》*で、社会的地位は高くありませんでした。漱石が帝国《ていこく》大学を出て「文学論」を志したのは、文学の価値を高めたいという思いもあったのでしょう。

＊戯作者
江戸《えど》時代後期に流行した通俗《つうぞく》小説類を総称《そうしょう》する「戯作《げさく》」を書いた職業作家。

さらに、当時は留学できる人などほんの一握《ひとにぎ》り。限られた人です。いまのように誰《だれ》でも気軽にホームステイしたり、外国に遊びに行ったりできる時代ではない。

留学し外国で技術的なことを学んだ人たちのほとんどは、帰国後、出世していきます。漱石はそのような状況《じょうきょう》におかれた自分も理解しつつ、「自分は一体何をするのだろう」と考えたでしょう。

先ほど話したように、漱石は、ロンドンから帰る頃《ころ》にはある意味で大人になった。そして、やはり文学と本気で関わらざるを得ないというところに行き着きました。三六歳《さい》の時のことです。

学歴があり、あれだけ頭のいい人なら大学の先生になれる。けれど漱石は、四〇歳《さい》になると教師の職を全て辞めて新聞社に勤め、新聞小説を書くようになります。

いまは新聞社に勤めるというとエリートのイメージでしょうか。でも、漱石の時代は違《ちが》います。新聞記者などゴロツキのように思われていました。新聞の地位は、いまほど高くはなかった。

そんな時代にわざわざ新聞社を選ぶのは、当時の世間の常識を無視した行動です。

無視しているというより、気にしていない。大学の先生は偉《えら》い、新聞社に勤めるのはゴロツキだ、そんな評価は一切気にしていないのです。

世間がなんと言おうと、自分で考え、選んだ道をゆく。それこそがある種の成熟だと言えます。

日本社会の特徴《とくちょう》

日本人が「大人になる」のは、結構難しいことです。皆《みな》さんもご存知の通り、日本の社会は「忖度《そんたく》の社会」です。周りを敏感《びんかん》に見て、波風を立てないようにしていれば無事に過ごせます。でもそこで、自分で考えて生きることは難しい。

坊っちゃんはまさに、その「忖度《そんたく》の社会」で、自分で考えて生きようとしている。それは、悪戦苦闘《くとう》することにつながります。

赴任《ふにん》早々、生徒たちとの間で次々と騒動《そうどう》が起こります。天麩羅蕎麦《てんぷらそば》を四杯《はい》食べては「天麩羅《てんぷら》先生」と冷やかされる。団子を二皿食べた、温泉の浴槽《よくそう》で泳いだと、生徒が一挙手一投足を見張っている。

宿直の夜には布団に大量のバッタを入れられるという嫌《いや》がらせを受けます。それについて、教頭の「赤シャツ」と腰巾着《こしぎんちゃく》の「野だ」と「坊っちゃん」でこんなやりとりがありました。「赤シャツ」に誘《さそ》われて三人で釣《つ》りに出かけた時の会話です。少し読んでみましょう。

「君が来たんで生徒も大に喜んでいるから、奮発してやってくれ給え」と今度は釣《つり》にはまるで縁故《えんこ》もない事を云い出した。「あんまり喜んでもいないでしょう」「いえ、御世辞《おせじ》じゃない。全く喜んでいるんです、ね、吉川《よしかわ》君」「喜んでるどころじゃない。大騒《おおさわ》ぎです」と野だはにやにやと笑った。こいつの云う事は一々癪《しゃく》に障《さわ》るから妙《みょう》だ。「然し君注意しないと、険呑《けんのん》ですよ」と赤シャツが云うから「どうせ険呑です。こうなりゃ険呑は覚悟《かくご》です」と云ってやった。実際おれは免職《めんしょく》になるか、寄宿生を悉《ことごと》くあやまらせるか、どっちか一つにする了見《りょうけん》でいた。「そう云っちゃ、取りつき所もないが――実は僕《ぼく》も教頭として君の為《ため》を思うから云うんだから、わるく取っちゃ困る」「教頭は全く君に好意を持ってるんですよ。僕《ぼく》も及《およ》ばずながら、同じ江戸《えど》っ子だから、なるべく長く御在校《ございこう》を願って、御互《おたがい》に力になろうと思って、これでも蔭ながら尽力《じんりょく》しているんですよ」と野だが人間並の事を云った。野だの御世話《おせわ》になる位なら首を縊《くく》って死んじまわあ。

「それでね、生徒は君の来たのを大変歓迎《かんげい》しているんだが、そこには色々な事情があってね。君も腹の立つ事もあるだろうが、ここが我慢《がまん》だと思って、辛防《しんぼう》してくれたまえ。決して君の為《ため》にならない様な事はしないから」

「色々の事情た、どんな事情です」

「それが少し込《こ》み入ってるんだが、まあ段々分りますよ。僕《ぼく》が話さないでも自然と分って来るです、ね吉川君」

「ええ中々込《こ》み入ってますからね。一朝一夕《いっちょういっせき》にゃ到底《とうてい》分りません。然し段々分ります、僕《ぼく》が話さないでも自然と分って来るです」と野だは赤シャツと同じ様な事を云う。

吉川君というのは、野だいこの「野だ」の名前です。このような人間関係や奥歯《おくば》にものが挟《はさ》まったような微妙《びみょう》なやりとりは、小説の中だけのものではありません。日本の社会では誰《だれ》もが容易にイメージできる。

「大人」ではない大人たち

先日、面白いことがありました。私は鎌倉《かまくら》でタクシーに乗りました。女性の運転手さんで、話しているうちにこんな話になりました。

「最近、会社が『係長』を作ったんですよ。それまで係長なんてなかったのに。男の人って馬鹿《ばか》みたいですね。係長っていうだけで言葉遣《づか》いが変わるんですよ」

社会ではこうした馬鹿《ばか》なことがたくさん起こります。当たり前の顔をして、「俺《おれ》は〇〇だから偉《えら》い」と肩書《かたが》きを背負って威張《いば》る人、その肩書《かたが》きに忖度《そんたく》する人もたくさんいます。

これは「大人」ですか？　こんなのは大人ではありません。

漱石はそういうことを気にしなかった。だから独り立ちしたのです。

しかし、そうやって一人で世間に向かうとストレスも多くなる。私もそうです。嘘も忖度《そんたく》も必要ない状態ではあるけれど、何かと世間とぶつかります。漱石は胃潰瘍《いかいよう》*を患《わずら》い、五〇歳《さい》で死んでしまった。いまなら胃潰瘍《いかいよう》では死にません。そういう意味では漱石が気の毒です。

そして一方で、葛藤《かっとう》を感じることなく、世の中とひとりでに折り合ってしまう「野だ」のような人もいます。自分がこの世の中でこうやって生きていくことは当たり前だと思っている。そういう人は小説も書きませんし、胃潰瘍《いかいよう》にもならないでしょう。誰《だれ》とは言いませんが、日本の政治家にもそんな人がたくさんいます。

なぜ私だけでなく、日本人は漱石が好きなのか。同時代の明治の文学の中でも、漱石だけがこれだけ読み継《つ》がれるのはなぜか。

漱石が描《えが》いたのは、人の成熟と社会との関係です。君たち中学生はまだそれほど世の中とぶつかっていないかもしれない。しかし、これから君たちが本当の意味での大人になり、社会に出た時に、多くの人がこのテーマにぶつかります。

＊胃潰瘍
胃壁《いへき》の粘膜《ねんまく》が傷つき、その傷が胃壁下層《いへきかそう》まで達する病。

世の中とのズレをどうするか

ぶつかる、葛藤《かっとう》するのは、社会や世の中とどこかズレを感じているからです。そして、そのズレをなんとか調整しようと自分の中であれこれ考える。

おそらく漱石は、それが書くことにつながった。ものを書く動機はそこにあると思います。私も書く動機はズレです。『バカの壁《かべ》』は私が世の中に感じたズレを書きました。

自分が考えている世界と実際にある世界。どちらが良い悪いではなく、ただ、ズレている。ズレている時、君たちならどうしますか。こちらのズレを直すか、向こうのズレを直すかです。

向こうのズレを直すといっても、世の中や社会はそう簡単には変わりません。ズレた社会を変えることを「革命」といいます。それを一生懸命《けんめい》やった時代もあった。私の一〇歳《さい》ほど年下に当たる団塊《だんかい》の世代の人たちは、一九六九年の東京大学安田講堂事件を発端《ほったん》に全国に学生運動を広げていきました。

私は当時助手でしたから中立の立場でしたし、ある意味、平和主義者だと自分で思います。さらに、三〇〇年続いた平和な時代、喧嘩両成敗《けんかりょうせいばい》の江戸《えど》時代の感覚を背負っている。当時の学生の言い分もわかる。しかし、我々の世代はあのような行動には至らなかった。

革命を起こさないとなれば、自分のズレをどうすればいいかを考えます。そのことが、「大人になる」ことにつながるのだと思います。

ただ、考えすぎはいけません。漱石のように胃潰瘍《いかいよう》になりますから、私は適当なところでやめておきます。言いたいことを言って、本に書くだけ。「めんどくせぇこと」は考えないようにしています。

考えつくして行動せよ

『坊っちゃん』にはこんな場面があります。

中学校と師範《しはん》学校の生徒同士の乱闘《らんとう》事件に、山嵐と坊っちゃんが赤シャツの陰謀《いんぼう》で巻き込《こ》まれる。その件で山嵐（堀田《ほった》）だけが免職《めんしょく》されたことを受け、坊っちゃんは狸《たぬき》（校長）にこう言い放ちます。

「それじゃ私も辞表を出しましょう。堀田君一人辞職させて、私が安閑《あんかん》として、留《と》まっていられると思っていらっしゃるかも知れないが、私にはそんな不人情な事は出来ません」

「それは困る。堀田も去りあなたも去ったら、学校の数学の授業がまるで出来なくなってしまうから……」

「出来なくなっても私の知った事じゃありません」

「君そう我儘《わがまま》を云うものじゃない、少しは学校の事情も察してくれなくっちゃ困る。それに、来てから一月《ひとつき》立つか立たないのに辞職したと云うと、君の将来の履《り》歴《れき》に関係するから、その辺も少しは考えたらいいでしょう」

「履歴《りれき》なんか構うもんですか、履歴《りれき》より義理が大切です」

「そりゃ御尤《ごもっとも》――君の云うところは一々御尤《ごもっとも》だが、わたしの云う方も少しは察

して下さい。君が是非《ぜひ》辞職すると云うなら辞職されてもいいから、代りのあるまでどうかやって貰いたい。とにかく、うちでもう一返考え直してみて下さい」

考え直すって、直し様のない明々白々たる理由だが、狸が蒼くなったり、赤くなったりして、可愛想《かわいそう》になったから一と先《まず》考え直す事として引き下がった。赤シャツには口もきかなかった。どうせ遣《や》っ付けるなら塊《かた》めて、うんと遣《や》っ付ける方がいい。

この場面の社会背景として、当時は気軽に会社を辞めたり転職したりする状況《じょうきょう》ではないということを押《お》さえておきたいと思います。

最近の人は会社を辞めることにあまり抵抗《ていこう》を感じないようです。二、三年働いて、合わないからと辞めることも珍《めずら》しくない。数ヶ月で辞めてしまう人もいる。どこにもいない「本当の自分」を探すために「自分探し」というものが流行ったこともありました。勤めることの意味が、なぜか軽くなっている。

漱石の時代だけではありません。私は二七年間も勤めた東京大学を自ら辞めました。

三〇年目で定年になるはずでしたが、定年の三年前に辞めました。それでもなんとなくやましかった。

組織には人がたくさんいます。組織に所属しているということは、自分に関わっている人が周りにいる。その人たちとの関係をきちんと整えて辞めるのは、なかなか面《めん》倒《どう》なことです。

定年は約束事ですから、周りの人も、「あの人はあと三年で定年だな。そうしたら辞めるんだな」と了解《りょうかい》しています。「定年が来ても辞めない」ことも、「定年より早く辞める」ことも、周りの人たちにとっては想定外ですから面倒臭《めんどうくさ》いことになる。

それでもやはり、どれだけ考えても大学に残ることが自分のためにもならず、やる気もない。「私が大学にいても誰《だれ》のためにもならん」と思い、辞めました。そうしたら、スッキリした。

普通《ふつう》はそう簡単には辞めません。しかし、辞めずにはいられない。そこまで考え、感覚的にも「こうするしかない」と思い至ることで行動に移す。それが本当の自立につながるのだと思います。

人に必要な「偏見《へんけん》」

自立するためには、人とはどういうものかを見る力が必要です。人を見ることはとても難しい。自分の立場がわかっていないと見えません。

人を見るといっても、顔色を見て忖度《そんたく》することではありません。人ってどういうものなのか。何が変わらなくて何が変わるのか。これは一生考えなければいけない。終わらないテーマです。

解剖《かいぼう》は、ものを見ることが仕事です。それまで見たことも想像したこともないものを見る時は、自分の「偏見《へんけん》」で見るしかありません。

そのことが一番よくわかるのが顕微鏡《けんびきょう》での観察です。

人間の体の一部を切り取って、組織を採取し、標本を作る。目の前には、それまで見たこともないものがある。これをどう見るか。

学生などは、はじめは何が何だか全くわからない。五里霧中《ごりむちゅう》です。仕方がないから教科書や参考になりそうな本をあちこち開いてみる。写真に線を引っ張って、「これと似ている？」「これとあれは同じもの？」とパターン認識を進める。これを「絵合わせ」と呼んでいます。昆虫《こんちゅう》も同じです。昆虫図鑑《こんちゅうずかん》と見比べて絵合わせをする。情報を集め、似ているものを探し、「同じ」とくくれるものを見つけるところから始めます。

情報が一切なく、見たままの景色をそのまま描《えが》いた絵は、絵を見てもよくわかりません。どれが重要なものなのかがわからない。ただあるものをあるがままに映したカメラアイのようになります。

細胞《さいぼう》には色々な形があるので、どれが細胞《さいぼう》かもわからない。わかるまでに、しばらく時間がかかる。それがわかり始めると、それまで全く訳のわからなかった目の前の世界に、パターンが見えてくる。

それは何もわからない赤《あか》ん坊《ぼう》として生まれ、言葉を獲得《かくとく》し、字が読めるようになるのと似ています。人間は、「同じ」を探す生きものです。これは人間にしかない能力です。動物は「違《ちが》う」はわかるけれど、「同じ」はわからない。人間が言葉を使えるようになった理由もここにあります。

動物は絶対音感を持っています。赤ちゃんも動物に近い状態ですから、生まれた時には持っている。世間では絶対音感があるとすごいと思われますが、そうではありません。絶対音感とは、全ての音が違《ちが》って聞こえるということです。違《ちが》いがわかるというのは、そんなに高等なことではない。

絶対音感を失っていくことは、言葉を獲得《かくとく》するために必要です。お母さんに名前を呼ばれた時とお父さんに名前を呼ばれた時、「声の高さが違《ちが》うからこれは違《ちが》うもの」と聞き取ってしまっては、言葉は成り立ちません。音を聞き分けられることよりも、パターンを読み取り、「同じ」でくることができることのほうが、人間には必要な能力なのです。

「同じ」を見つけられるようになることとは、偏見を持ち始めるということです。偏見がないと何を見ているのか全く見当もつかない。それではものは見えない。観察するためには、そのものを見るための偏見が必要です。

知ることは自分が変わること

少し話がそれましたが、人間はこうして自分で世界を見ながら、自立に向かって変化していきます。

何もわからず「自然」に近い子どもだった君たちも、家族や学校という組織の中で様々なことを感じ始めているでしょう。その中で悩《なや》んで考えることが、成熟につながります。「見る力」を育んでいくことになる。

恋愛《れんあい》したり、病気になったり、死んだりすることと同じで、そういうことは自分ではコントロールできません。向こうからやってきてわが身に仕方なく起こります。まずは直面するしかない。

いずれそういうものに出会った時、君たちがどう感じ、どう考えるかは君たちにもわからない。人間とはそういうものです。

人生は長い。私はもう半分死んでいるようなものですが、君たちには、まだまだ先がある。私に言えるのは、「その人生を自ら縮めるようなことをしちゃいけないよ」

ということぐらいです。

「いま失敗したら取り返しがつかなくなるわよ」「いましか勉強できないぞ」なんて、よく親が子どもを脅《おど》かすようですが、あれは全くの嘘です。私たちはいつだって、挽回できないということはない。

人間の作った世間の理屈《りくつ》で「取り返しがつかない」と思われていることも、君たち自身がある意味自立をして、考え方がガラッと変わってしまったら、君たちの人生には全く関係ないことかもしれない。

人はある日突然《とつぜん》、ガラッと変わります。昨日と今日と明日の私は違《ちが》う。

身近なことでいえば、恋愛《れんあい》を考えてみればよくわかります。あんなに好きだったのに、ある日突然《とつぜん》、「あんなやつどうでもいいや」と思うことがあるでしょう。「どこが好きだったんだろう」と不思議に思うこともある。

いまの自分は、好きだった頃《ころ》の自分とは違《ちが》う人です。あの人に一生懸命《けんめい》だった自分は、いまここにはいない。

もっとシビアな話だと、がんを告知されると、それまで見ていた風景が違《ちが》って見えるようになるといいます。「余命半年です」と宣告されたら、どんな風になるか。想像できますか。そんなものは、その時になってみないとわからない。そうなった時の君たちは、もはやいまの君たちと同じ人ではなくなります。

学ぶことで私たちは大きく変わっていきます。知るということは、自分の本質が変わることです。本当の意味で学問をすると、目からウロコが落ちる。

未来は、そういう可能性をたくさん含《ふく》んでいます。確実なレールなんてありません。いい大学に入って、いい会社に入って、課長になって、部長になって、社長になる。君たちは、そんな人生の途中《とちゅう》にいるわけではないのです。

自分自身がこれまでと全く別の考え方になることは、しょっちゅうある。それをいま、君たちは知った。

さて、いまの君たちは、知る前の君たちと同じでしょうか。

COLUMN 2

漱石と熊本

明治二九年、四月一三日、漱石は一人で池田駅（現・上熊本《かみくまもと》駅）に降り立った。二九歳《さい》だった。人力車を雇《やと》い、坂の上から見下ろした街には樹木が生い茂《しげ》っており、熊本《くまもと》は「森の都」だという印象を持った。

熊本《くまもと》では、第五高等学校講師に就任。熊本《くまもと》での生活にも慣れ、家も借り直して落ち着いた六月、婚約者《こんやくしゃ》を迎《むか》え入れた。中根鏡子である。鏡子は貴族院書記官長中根重一《じゅういち》の長女で、重一は娘《むすめ》のためにと漱石が東京に仕事を見つけることを望んでいたが、それは叶わなかった。

熊本県第五高等学校

七月になると、漱石は教授に昇任《しょうにん》する。新婚《しんこん》早々、漱石は鏡子に宣言している。

「俺《おれ》は学者で勉強しなければならないのだから、おまえなんかにかまってはいられない。それは承知していてもらいたい」

月給は松山の頃《ころ》よりも随分《ずいぶん》増えて一〇〇円。当時としては相当な収入だった。しかし、そのうち家族への仕送りや大学時代の学費の返済を差し引くと残りは七〇円。さらに二〇円は本代に消えた。お嬢《じょう》さん育ちの鏡子には厳しい生活である。

結婚《けっこん》の翌年、明治三〇年六月に漱石の父が他界し、鏡子と共に七月に上京すると、東京滞在《たいざい》中に鏡子は流産した。鏡子は一〇月まで、鎌倉《かまくら》で療養《りょうよう》している。

鏡子はその後、ヒステリー症《しょう》が激しくなっていった。当時を思わせる様子は、『道草』にも描《えが》かれている。

或時の彼《かれ》は不思議な言葉を彼女《かのじょ》の口から聞かされた。

「御天道《おてんとう》さまが来ました。五色《しき》の雲へ乗って来まし

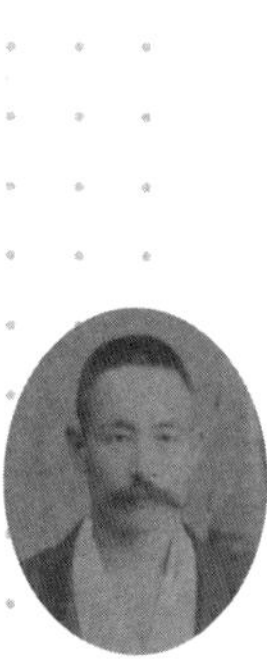
熊本時代の漱石

た。大変よ、貴夫」
「妾《わたし》の赤《あか》ん坊《ぼう》は死んじまった。妾の死んだ赤《あか》ん坊《ぼう》が来たから行かなくっちゃならない。そら其所にいるじゃありませんか。桔槔《はねつるべ》の中に。妾一寸《ちょっと》行って見て来るから放して下さい」
流産してから間もない彼女《かのじょ》は、抱《だ》き竦《すく》めにかかる健三の手を振《ふ》り払《はら》って、こう云いながら起き上がろうとしたのである。（中略）
細君の発作は健三に取っての大いなる不安であった。然し大抵《たいてい》の場合にはその不安の上に、より大いなる慈愛《じあい》の雲が靉靆《たなび》いていた。彼《かれ》は心配よりも可哀想《かわいそう》になった。弱い憐《あわ》れなものの前に頭を下げて、出来得る限り機嫌《きげん》を取った。細君も嬉しそうな顔をした。

明治三一年、鏡子は再び身ごもったが、つわりに悩《なや》まされた。しかし、ある日の夜明けに事件が起こる。家の近くを流れる白川に、鏡子は自ら身を投げたのである。

幸い大事に至らなかったが、高等学校の教授の妻が川に身を投げたという噂は瞬《またた》く間に広まっていく。漱石は学業に専念していたものの、鏡子を大切に思っていた。この事件以来、漱石は俳句を詠《よ》まなくなった。

鏡子（右）と筆子（左）

翌明治三二年五月、長女の筆子《ふでこ》が無事に誕生する。漱石は筆子を可愛がった。赤《あか》ん坊《ぼう》の筆子を膝《ひざ》に乗せ、「もう十七年たつと、これが十八になって、俺《おれ》が五十になるんだ」と独り言のようにつぶやいていたという。そして再び俳句を詠《よ》み始めた。

長女出生

安々と海鼠《なまこ》の如《ごと》き子を生めり

第3講

先生が教えない大切なこと

教科書を墨《すみ》で塗《ぬ》りつぶした

私には、「人がガラッと変わる」「昨日と今日の自分は違《ちが》う」ということが感覚としてわかります。それは、戦前戦後の教育の入れ替《か》わりを体験しているからです。戦前、必死に教えられたことは、戦争が終わると大きくひっくり返されました。

一九四五年八月一五日、私は鎌倉《かまくら》で終戦を迎《むか》えました。小学校二年生でした。鎌倉《かまくら》に空襲《くうしゅう》はなかったものの、日本の大都市は焼け野原になりました。想像できますか。東日本大震災《だいしんさい》後の被災地《ひさいち》のような状態です。数年間は食糧《しょくりょう》もほとんどない。イモやわずかな野菜を食べて暮らす日々が続きました。

それまで、学校では国定教科書*といって、国が決めた教科書を使っていました。教科書は絶対で、先生よりも権威《けんい》があった。しかし、終戦からひと月ふた月経《た》った頃《ころ》、その教科書のあちこちを墨《すみ》で塗《ぬ》りつぶしました。その理由について、先生からの説明は一切ない。

「○ページの○行目から○ページまでを塗りつぶしなさい」と言われ、それまで正し

＊国定教科書

国の機関が編集・執筆《しっぴつ》を行い、全国の学校で一律に使用を義務づける教科書。一九〇四〜四九年まで使用された。戦後は教育改革により、検定教科書を使用することになった。

いと教えられてきたことを、自分の手で塗りつぶす。教科書のうち、半分以上を塗りつぶしました。

塗りつぶしているその時は、ただの作業です。言われたところを何も考えずに黙々《もくもく》と塗りつぶすだけ。あとになって、世界が大きく変わったことに気がつきました。「鬼畜米英《きちくべいえい》」をスローガンにしていた社会が、「平和憲法万歳《ばんざい》」へと、一八〇度変わりました。

「教科書が間違《まちが》っていたら墨《すみ》で塗ればいい」

「教科書に書いてあることが正しいとは限らない」

私が受けた教育は、そういうものでした。

前講でも少し触《ふ》れましたが、その後、一九六〇年代末には、大学紛争《ふんそう》が起こります。私が助手としてようやく大学の研究室に入った頃《ころ》です。

学生の暴力に大学が暴力で応じた。暴力の悪循環《あくじゅんかん》が生まれ、止まらなくなっていった。私が研究室にいると、三〇人ぐらいの学生たちがゲバ棒を持ってなだれ込《こ》んで来ました。「この非常時に何が研究か！」と声を荒《あ》らげられ、研究室を追い出された。

戦中の軍国主義で教えられた「非常時」という言葉を、戦争を批判していた学生たちの口から聞きました。あの言葉はいまでも耳から離《はな》れない。そこにあるのは暴力でした。

世間は集団になって暴走する。その真っただ中にいると、人は、自分が何をしているのかわからなくなる。そう思いました。

いま、何とか平和を保っているこの時に、自分にとって何が一番大事なのかを考えてほしいと思います。社会の価値観は、こうしてある日突然《とつぜん》大きく転換《てんかん》することがある。そんな社会の価値観に左右され、追《つ》い詰められることはありません。世間がどう思うか、社会がどう思うか、そればかりを気にして一喜一憂《いっきいちゆう》することは危険です。

もちろん、昔に比べると、いまは非常に良くなっていることもある。一つには子どもがほとんど死なくなりました。昔は子どもはいつ死んでしまうかわからなかった。だから大事にみんなで育てました。しかしいま、子どもは生きていて当然という前提ができた。逆に子どもを大事にしなくなったのではないかと思います。

何事にも裏表があります。プラスがあれば必ず反対側にマイナスがある。そのことは常に頭に入れておくべきです。

学びたいことは自分で盗《ぬす》め

私は小学校の頃《ころ》から、生徒として、教員として、ほとんどの時間学校にかかわってきました。小学校、中学校、高校、大学に学生として通い、助手、助教授、教授として大学に勤めた。そういう意味では漱石にも遠からずです。

大学の教授には教員免許《めんきょ》は必要ありません。大学が認めさえすればいい。教育的立場から教育について語れと言われても、私は素人《しろうと》です。ですから、語れることは何もありません。

大学時代のある日、私の大学の先生が自宅に立ち寄ったことがありました。母が挨《あい》拶《さつ》に出て余計なことを言ったものです。

「いつも色々教えていただいてありがとうございます」

東大の教授でしたが、こう答えた。

「いや、何も教えた覚えはありません」

学ぶということは「教えてもらう」ことではない。教育の基本は独学、その根本は学ぶ気持ちです。学ぶ本人に「学びたい」という気持ちがなければ、何を教えても伝わらない。昔風に言えば、学びたいことがあるなら「自分で盗《ぬす》め」です。

先生はなぜ偉《えら》いのか。肩書《かたが》きがあるからとか、実績があるからではない。東京大学を出たから、ノーベル賞を受賞したから、そんなことは関係ありません。こちらがその気になれば、猫《ねこ》だって立派な先生になる。うちの猫《ねこ》は毎日寝《ね》てばかりですが、ああして楽しく生きていけるとは人生の達人だ、学びたいもんだと私は思います。

学ぶ側が、「この人は自分にないものを持っている」「この人からこのことを学びたい」と思えば先生になる。君たちにはそういう人がいますか。自分に足りないものを持っている人が自分にとっての先生です。自分に足りないところ、欠けているところがわかっている人は、何も教えなくても自ら学ぼうとします。

学生やインターンを教える時も、一番大事なのは、本人の「学びたい」というモチベーション。それがない人は誰《だれ》に何を言われても勉強しません。そんな人は大学に来る意味はない。

いま、そういうことは横におかれています。自分が何を学びたいかもわからない。それどころか、大学に合格したらもう何もしたくないという学生が入試で高得点をとって入学してきます。だから、入学後に何をしていいかわからなくなって五月病になる。

私のところへ勉強したくないやつに来られても困る。「東大の入試に通ったんだから卒業証書を渡《わた》すよ。だからもう来なくていいよ」とよく言っていました。希望の会社に入社するために「東大に合格できるくらいの学力があります」という証明が欲しいだけなら、大学にイヤイヤ来る必要はない。本当に勉強したい人だけが大学に残ればいい。

厄介《やっかい》なことに、東大は特に「東大だから入りたい」という人がやって来ます。東大医学部なんてその典型です。東大医学部に入れる成績だからという理由で、医学に興味もないのに入学するやつがいる。数学のほうが好きなら数学科に行けばいいのに、医学部のほうが偏差値《へんさち》が高いからと入ってくる。そういう学生を二人くらい数学科に送り込《こ》んだこともあります。

いまの教育は、一人ひとりの「学ぼうという気持ち」を潰《つぶ》しているんじゃないかと思います。

英語は必要な人だけ学べ

二〇二〇年には小学校三、四年生から英語教育が導入されることになったと聞きました。幼稚園《ようちえん》でも五割が英語を教えています。まだ日本語を話せない〇歳《さい》から英語教室に通う人もいるらしい。

日本では、何歳《さい》から始めるか、早いほうがいいのか、そればかりが注目されています。もっと大事なことは、日本語を使う我々が英語を学ぶとはどういうことか、これについての議論です。

英語を使う脳と日本語を使う脳、これは様々な言語がある中で、最も使う脳の部分が離《はな》れていると言われています。だからそもそも日本人には難しい。

また、それ以前に、日本人が全員、正しい英語を話す必要なんてない。外国人の中に日本語がちゃんとできる人がいるように、日本人の中に英語ができる人もいるのは当然で、お互《たが》いにそういう人がいれば事足りる。必要な人だけ学べばいい。全員がやる必要は全くないと思います。

いまやアジアでの共通言語は正しい英語ではありません。ブロークン・イングリッシュ*（broken English）です。それが共通語として成立している。

「ネイティブな発音を幼いうちに身につけさせたい」「早く教えないと正しい発音が聞き取れない」なんて馬鹿《ばか》げている。そんなものは大して役に立ちません。

私の場合、英語で論文を書いていた時期もありますが、そのためには英語の頭に切り替《か》えないと書けませんでした。日本語で考えて文章を作ってから英語に訳していくのでは、全く別のものになってしまうのです。

私は言葉にこだわりがあるので、英語で論文を書く時は、英語でものを考えて書いていました。適切な表現が見つかるまで英語で考え続ける。そうすると、日本語なら三日で書ける論文も一ヶ月かかってしまうことになる。

＊ブロークン・イングリッシュ
ネイティブではない人が話す、不完全な英語。発音や文法に誤りがあっても、一応意味は伝わることが多い。

日本では英語を常に使う環境《かんきょう》にありません。しばらく英語を使わないと、英語の語彙《ごい》はどんどん減っていく。いくつか英語で論文を書きましたが、それ以降は、英語の論文に時間と労力をかけるのがバカバカしくなってやめました。その時間にほかのことができるからです。

言語の前に文化を学べ

言語にはその言葉を使う人たちの文化や考え方が含《ふく》まれます。

上智大学のイギリス人の教授から、こんなことを聞いたことがあります。彼《かれ》は日本語がとても上手でした。日本語で四時間教授会を行った後、ロンドンの出版社から彼《かれ》のところに電話がかかって来た。しばらく話している間にカンカンに怒《おこ》って、電話の相手を怒鳴《どな》りつけたといいます。電話を切って一時間ぐらい経ってから、その教授は大いに反省していました。

「日本語で考えていたからあんなに腹が立ったんだ」

どういうことかわかりますか。イギリスでの英語の会話の中では普通《ふつう》だとされているやりとりでも、そのまま日本語に訳して聞いていると、日本の社会では非常に失礼なやりとりになってしまうことがあるのです。

日本語の達者な留学生が、悪気はないのに日本人をしょっちゅう怒《おこ》らせているなんていうのも、よくあることです。

日本語を流暢《りゅうちょう》に話す相手は、自分と同じ感性で同じ価値観だと思ってしまう節がある。逆もまた同じです。すると、お互《たが》いに悪気はなくてもすれ違《ちが》いが起こり、喧嘩《けんか》になる。言葉が拙《つたな》ければそこまで腹は立ちません。

結論を言うと、自分がその国の価値観にどの程度慣れているのか、どの程度理解できているかということに比例して言葉が上手になることが望ましい。言葉だけが上手いのは、考えものなのです。

その国の価値観は文化に作り付けになっている。日本語を流暢《りゅうちょう》に話すのであれば、その場の人間関係を見ながら「気を使う」「忖度《そんたく》する」「敬語を使う」ということまでできないと、トラブルの元になる。

日本の中で日本語を話していても同じこと。相手が同じ価値観で話していると思ったら大間違《おおまちが》いです。
江戸《えど》っ子の「坊《ぼ》っちゃん」も、松山の生徒たちの方言に苛立《いらだ》っています。

おれはバッタの一つを生徒に見せて「バッタたこれだ、大きなずう体をして、バッタを知らないた、何の事だ」と云うと、一番左の方に居た顔の丸い奴《やつ》が「そりゃ、イナゴぞな、もし」と生意気におれを遣《や》り込《こ》めた。「篦棒《べらぼう》め、イナゴもバッタも同じもんだ。第一先生を捕《つら》まえてなもした何だ。菜飯《なめし》は田楽《でんがく》の時より外に食うもんじゃない」とあべこべに遣《や》り込《こ》めてやったら「なもしと菜飯とは違《ちが》うぞな、もし」と云った。いつまで行ってもなもしを使う奴《やつ》だ。

これは、宿直の時、布団に入っていた大量のバッタについて、寄宿生を呼び出した坊っちゃんと生徒のやりとりです。坊っちゃんは生徒の言葉そのものにも腹が立つ。「イナゴぞな、もし」は、ただ「呼び名が違《ちが》う」という意味でフラットに言ったかもしれないのに、坊っちゃんには「生意気に遣《や》り込《こ》めた」としか受け止められない。方言の持つテンポにさえ苛立《いらだ》っている様子がよくわかります。

実際にロンドンに留学し、松山で教師を務めた漱石には、そうした言語の背景にある文化がよくわかっていたのでしょう。

言葉を流暢《りゅうちょう》に話すことや書くことだけではなく、その言語を使う人の価値観や文化が、その言語の背景には存在する。このことを、皆《みな》さんにも覚えておいてほしいと思います。

本ばかり読んでも無駄《むだ》

私は本が好きなので、読書についてよく尋《たず》ねられます。

「若いうちに読書をしたほうがいいですか」

「子どもに読書をさせたほうがいいですか」

なんでそんなことを聞くんだろうといつも思う。「読書をすれば賢《かしこ》くなる」「読書をすれば幸せになる」なんていう、「ああすれば、こうなる」という法則はありません。世間では本を読みさえすれば賢《かしこ》くなると思っているのでしょうか。

　昔は、本は危険なものでした。何も知らなければ黙《だま》って家業を継《つ》いでいたのに、本を読んだばかりに家業を捨てて違《ちが》う世界へ飛び出して行くものもいた。本なんて読むもんじゃないと言われた時代もありました。まあ、知らない世界を知ることはできても、だから賢《かしこ》くなるとか幸せになるというわけではありません。

　読書も、やっぱり人によって好き嫌《きら》いがあると思います。本を読まない人は、本を読まなくてもほかに楽しむものや学ぶものはある。無理強《じ》いすることはありません。本をたくさん読めば、何かいいことがあるのか。私の経験から言えば、文章を書くことは上手になるかもしれない。最終的に役に立つのはそれくらいでしょう。

　子どもの頃《ころ》、私の家にはあまり本がありませんでした。一〇歳《さい》年上の兄が呑兵衛《のんべえ》で、亡くなった親父の本を持ち出して売ってしまっていた。でもなぜか気がついた時には、本が好きになっていました。古本屋で手に入れたり、学校で読んだりしていました。岩波文庫は家にあったかもしれません。岩波文庫に漱石全集もありました。布張りの表紙をよく覚えています。

小学校二年生の夏、終戦の年のことです。鎌倉《かまくら》駅前に住んでいたので強制疎開《そかい》となり、家も取り壊《こわ》され、母の田舎に数ヶ月疎開《そかい》しました。母の妹にあたる叔母《おば》は、本をたくさん持っていました。いわゆる文学少女です。

呉茂一《くれしげいち》*さんが訳した『ギリシャ神話』は本格的でした。『右門捕物帖《うもんとりものちょう》』*は挿絵《さしえ》が入っていて面白かった。叔母《おば》は、「おじいちゃんに見られちゃダメよ。取り上げられちゃうから」と笑って、こっそり読ませてくれました。おじいちゃんに見つからないように、早く読まなきゃいけないと必死で読みました。

本を読みなさいとあれこれ指導しなくても、面白い本に出会えば、ひとりでに読むようになる。なかなかいい本に出会えずつまらない本ばかり読んでいると、嫌《いや》になってしまうのも無理はない。私だってつまらない本はつまらなかった。

その人が本気で書いた本はだいたい面白い。漱石はその一人です。小説ですから漱石が実際に経験したことばかりではないけれど、胃潰瘍《いかいよう》で死んでしまうくらい本気で小説を書いている。だから面白いんだと思います。

＊呉茂一

一八九七〜一九七七。西洋古典文学者。ギリシャ、ラテンの古典文学を専攻《せんこう》。『イーリアス』『オデュッセイア』の二大叙事詩《じょじし》や、ギリシャ古典劇などの翻訳《ほんやく》を行う。

＊右門捕物帖

佐々木味津三《ささきみつぞう》の時代小説。主人公は同心の近藤右門《こんどううもん》。無口のため「むっつり右門」と呼ばれる。岡《おか》っ引《びき》の伝六を従え、次々と事件を解決していく。

芥川龍之介《あくたがわりゅうのすけ》は嘘くさい

子どもの頃《ころ》には、漱石のほかにもいろんな本を読みました。芥川龍之介《あくたがわりゅうのすけ》*も子ども向けのものを書いているのでかなり読みました。しかし、この人の書いていることは作り話だなと思っていた。漱石のほうがずっと現実を映している。

芥川の話は、『蜘蛛《くも》の糸』や『杜子春《とししゅん》』など、完全にお伽話《とぎばなし》、ファンタジーです。『羅生門《らしょうもん》』『鼻』『藪《やぶ》の中』などは『今昔物語《こんじゃくものがたり》』の焼き直しです。芥川は『今昔物語』を近代的に解釈《かいしゃく》し、見事に書き換《か》えている。芥川がいうところの『今昔物語《こんじゃくものがたり》』の「美しい生々しさ」を解釈《かいしゃく》し直し、心理劇に編纂《へんさん》しているのです。

例えば、『鼻』に出てくる禅智内供《ぜんちないぐ》という僧《そう》の鼻は、なぜだか長い。鼻は何度も縮んでは二、三日で元に戻る。鼻という身体の一部が勝手に伸《の》び縮みして主人公と周囲の人物を振《ふ》りまわします。それだけの話で、もともと心理的なことが描《えが》かれていたわけではありません。しかし芥川は、それを題材にしてその「鼻」をめぐる本人と周囲の人物の心理の葛藤《かっとう》を描《えが》いたのです。

＊芥川龍之介

一八九二〜一九二七。小説家。『鼻』を漱石から激賞され、新進作家として出発。将来の「ぼんやりした不安」を感じ、服毒自殺。遺稿として『歯車』『或《ある》阿呆《あほう》の一生』などが残された。

それを読んで、子どもながらに、芥川は嘘くさい人だと思っていました。ずいぶん後になって、その嘘くささが何かに気がつきました。

芥川は、頭で考えて作っている。それは、人間の心理の世界であり、身体が置き去りになっている。「身体という自然」が「心理という人工」に加工されている。

感覚を使って生きることと、それを抽象化《ちゅうしょうか》して文章にすることを、つなげるのは大変なことです。そういう意味でも、ジャン＝アンリ・ファーブル*の『昆虫記《こんちゅうき》』は面白い。日本では『ファーブル昆虫記《こんちゅうき》』。

あれは哲学《てつがく》でも文学でもない、科学でもない本です。ファーブルの感覚を通して書かれている。どちらかというと、俳句や和歌に近いと言っていい。理屈《りくつ》はあるけれど、ファーブルを詩人だという人もいます。虫を見て、あれだけの本が書けるのはすごいと思います。

＊ジャン＝アンリ・ファーブル

一八二三～一九一五。フランスの博物学者。南フランス山地の小さな村に生まれ、大自然に囲まれて育った。生涯《しょうがい》を通じて昆《こん》虫《ちゅう》の観察・研究を行い、『昆虫記《き》』（全一〇巻）を著した。五五歳《さい》の時から約三〇年をかけて研究した昆虫《こんちゅう》の生態と人生の思い出が記されている。

本や教科書は絶対か

その後も漢文をはじめたくさんの本を読みましたが、大学ではこんな忠告を受けました。

「本は読むな」

これには色々な理由がありますが、第一に、昔の研究には外の光が必要だった。当時は鏡で外の光を取り入れて研究したので夜には研究ができませんでした。だから、「昼間は本を読むな」と言われた。本を読んだ分だけ顕微鏡《けんびきょう》を見る時間が減るからです。要するに、本を読んでいると、「実際に何かをする時間がなくなる」ということです。

君たちも、スマホを見ていると実際に何かをするヒマなんて全くなくなってしまうでしょう。あっという間に時間が流れていく。当時は、本を読むのはそれと同じことだと言われました。

本を読むよりも、山などの何もないところに何も持たずに出かけて、仕方がないから歩く。そういうことをやりなさいと言われた。実際に体で何かすることと、本を読むことのバランスをとれということです。

私が解剖学《かいぼうがく》を教えていた頃《ころ》、学生が言ったある言葉に嘆《なげ》いている教授がいました。

「先生、この死体間違《まちが》ってます！」

教科書に書いてある通りになっていないというのです。だから死体が間違《まちが》っているなんて、そんなことを本気で思うやつがいるとは驚《おどろ》きでした。本や教科書には必ず正しいことが書いてあるとは思わないほうがいい。そいつはもう医者になっていると思います。恐《おそ》ろしい。二〇年以上前の話です。

本は破いて読む

私はおとといの夜、推理小説を読みました。面白いから結局最後まで読んで、夜中の二時になりました。次の日は朝の六時に起きて、ある高校で講演をした。一時間半話して舞台《ぶたい》から降りようと思ったら、階段で力が抜《ぬ》け、めまいがして座り込《こ》んでしまいました。

　このように、本を読むのはいいことばかりじゃありません。

だけど、二宮尊徳《にのみやそんとく》＊のように薪《まき》を背負って歩きながら読むのはいいんじゃないかと思います。薪《まき》を運んでいる間は目が「空いている」。だから本を読む。私は歩いている間に目が「空いている」と、ついつい虫を探してしまう。そうなると道草を食って目的地にたどり着かない。まだ本のほうがマシです。それくらいのものです。

　私は若い時からよく本を読みながら歩いていた。馬にぶつかったこともあるし、バスにお腹やお尻《しり》を押《お》されたこともあります。大学の時は、東大の構内でいつも本を読んで歩いていたので、「いつも本を読んでるヤツ」と言われていました。教授会も面白くないから、だいたい本を三、四冊持って出席して、会議は聞かずに本を読んでいました。あんまり褒《ほ》められたものではないでしょう。

　最近は新幹線や飛行機、電車での移動中に読みます。移動している時間も本を読む時間になれば、楽しみです。移動する時間がなくなると読書量が減ります。本だけ読む時間は無駄《むだ》だと思うので、机に向かって本を読むなんてことは、若い時からほとん

＊二宮尊徳

一七八七～一八五六。江戸《えど》後期の農政家。通称《つうしょう》は金次郎《きんじろう》。早くに両親を亡くし、伯父《おじ》の家を手伝いながら学問に励《はげ》む。節約・貯蓄《ちょちく》を中心とする農民の生活指導などを通じて農業経営の立て直しと農村復興をはかった。

どしません。

本が好きな人は、私のように、放っておいても読みます。ダメだと言われても読む。いいことないよと言われても、なんとしてでも読みます。読書がいいとか悪いとか、そういうことではない。それをどういう風に自分でコントロールするかです。

それから、本を大事にとっておく人が多いようですが、私にとって本は実用品です。大きな本は重くて持ち歩けません。だから大きい本はなるべく読まない。どうしても読みたい本なら、必要なところだけ破いて持ち歩きます。バラバラになったらそれをまたまとめればいい。ちゃんと読んだ本ほどバラバラになる。綺麗《きれい》な本は読んでいないことになる。

いまはコピーしたり、デジカメで撮影《さつえい》してデータにして、スマホにでもパソコンにでも入れておけば楽なものです。電子書籍《しょせき》で買えばもっと楽です。

『種の起源』を書いたチャールズ・ダーウィン*。彼《かれ》も本を破いていました。特に雑誌は、自分にとって必要のない情報がたくさん載《の》っている。ダーウィンは必要な論文だけを切り取って、あとは捨てていた。この気持ちはすごくよくわかります。

＊チャールズ・ダーウィン

一八〇九～八二。イギリスの自然科学者。ケンブリッジ大学を卒業後、イギリス海軍の測量船ビーグル号に乗船。南半球を周航し、生物進化のヒントを得る。一八五九年に『種の起源』を発表。生物は自然淘汰《とうた》によって、環境《かんきょう》に適応・変化し、様々な種が生じると主張した。

情報は自分で必要なものを選ばなければ、きりがない。どこが必要かを見分ける力が大切です。情報はそのように読むものです。スマホもそうです。ネットニュースやSNSなんて、自分に必要なところだけ読まないと、時間がいくらあっても足りない。だから、私は図書館には行かない。人の本も借りない。図書館の本や人に借りた本を破ると怒《おこ》られます。必要な本は購入《こうにゅう》します。買って、躊躇《ちゅうちょ》なく破る。ただ、破いて持ち歩いた本には危険も多い。旅先のホテルに破いた本を忘れたことがありますが、探してもらっても見つからなかった。破いた本は、ほかの人にはゴミにしか見えません。

生きていける仕事を身につける

あちこちに講演に出かけると、講演が終わった後に質問を受けることがあります。中学でも高校でも、「いまやっておいたほうが良いことを教えてください」「学生時代に何をすればいいですか」という質問がある。

そういう時は、私はこう聞き返します。「君は何が好きなの？」と。そこの君は、何が好きですか？　夢中になって、時間を忘れるようなこと、ありませんか。

——何だろう。色々あります。一番は料理です。

——私は、ファンタジー系の夢物語のようなお話を書くこと。

いいですね。そういうことをどんどんやればいいんです。なんでもいい。好きなことを遠慮《えんりょ》することなんてない。それから、好きなことを周りの人に言うといいと思います。

私は虫を捕《と》るのが大好きで、中学生の頃《ころ》は、いつも虫ばかり捕《と》っていました。それに、私が虫が好きだということは、周りのみんなが知っていた。虫を見つけるとみんなが私にくれました。

私が通っていた中学校には広いグラウンドがありましたが、戦後すぐということもあり、ちゃんと整備されていませんでした。秋になるとグラウンドが草だらけになりました。学校で一斉《いっせい》に草むしりがあって、そうすると、どんどん虫が出てくる。「おい、こんなのいたぞ」とみんなが私に持ってきてくれるんです。

一生懸命《けんめい》好きなことをしていると、いろんなことを覚えます。料理だってそうです。食材のことも、調味料のことも、調理法のことも、盛りつけのバランスも、いろんな要素が含《ふく》まれている。ファンタジーの話を書こうと思ったら、いろんな本を読むでしょう。自分が好きなことは、どんどんできる。それに、楽しい。

中学生の間に何をしなきゃいけないとか、そんな決まりはありません。自分が好きなことを安心してやればいい。いろんなことは芋《いも》づる式に世界につながっている。自分が好きなことには関心があるから、自然に学ぶことができる。やり方がわからないなどと言わないで、まずは何でもやってみることだと思います。

少し話が戻《もど》りますが、私は医学部を出ましたから、医師免許証《めんきょしょう》を持っています。だから、大学に勤めている時も、いつ辞めても平気なんだという気持ちがどこかにあった。

私の持っている医師免許証《めんきょしょう》なんて、車を運転していない人の運転免許証《めんきょしょう》のようなものです。ペーパードライバーならぬペーパードクターで、そんな免許証《めんきょしょう》があてになるかどうかはわかりません。それでも、資格があると仕事は辞めやすい。クビになっても、次の仕事を見つけやすいだろうという安心感がある。仕事が見つからなければ、田舎や離島《りとう》の無医村に行けば何とかなると思っていました。実際にはそういうことはなかったけれど、それがあると思うと気が楽でした。

クビになっても生きていけると思えば、ブラック企業《きぎょう》なら辞めればいいし、本当に嫌《いや》なことがあれば我慢《がまん》して続けなくてもいい。

母親がよく言っていました。何か身につけなさいと。こういうことなんだなとあとでわかりましたが、皆《みな》さんも、「これなら、どこの世界に行っても生きていける」というすべを身につけることができればいいと思います。

靴《くつ》を作るとか、魚を釣《つ》るとか、マッサージでもなんでもいい。人のためにできることを何かひとつ身につけるといい。そうすれば生きていくことができる。

いまの教育はどうなっているかわからないけれど、私は、本来の教育の目的というのは、時代がガラリと変わっても、どこに行っても生きていけるすべを身につける場を提供することだと思っています。

COLUMN 3

漱石とロンドン

長女筆子が誕生し、父となった翌年の明治三三年五月、漱石は文部省から二年間のイギリス留学の辞令を受けた。現職（第五高等学校の英語教授）のままで、英語研究をするようにとの命である。漱石はその後、「当時余は特に洋行の希望を抱《いだ》かず」「余の命令せられたる研究の題目は英語にして英文学にあらず」と、自身の著書『文学論』に書き記している。英語ではなく英文学を研究したいという思いが強かったのだろう。

その頃《ころ》、身重となっていた鏡子は、まだ幼い娘《むすめ》の筆子と東京の実家で暮らすことになった。しかし、実家の中根家にも重い空気が流れていた。父の重一は貴族院書記官長を辞任し、相場に手

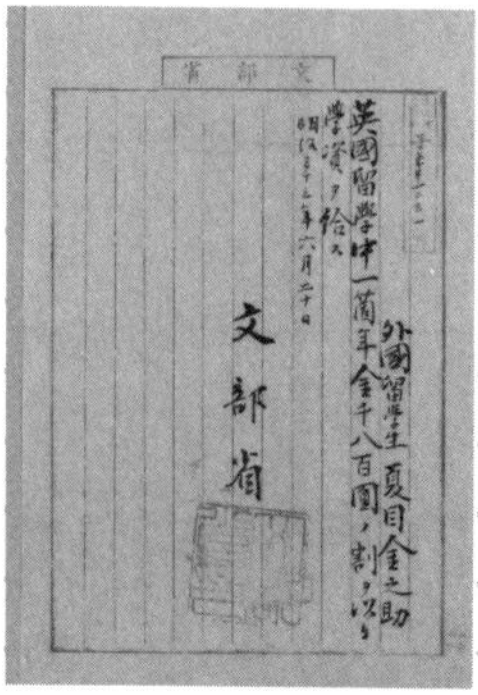

外國留學生 夏目金之助

英國留學中一箇年金千八百圓ノ割ヲ以テ

學資ヲ給ス

文部省

イギリス留学の学資支給書

を出しており、末娘《すえむすめ》の豊子は漱石の出発前に赤痢《せきり》で急逝《きゅうせい》。鏡子の母も赤痢《せきり》にかかっていた。

後ろ髪《がみ》を引かれる思いで日本を後にし、船の長旅を経てロンドンに腰《こし》を据《す》えた漱石だが、紹介状《しょうかいじょう》もなく、迎《むか》え入れてくれる場所があるわけではなかった。自ら大学の傍聴生《ぼうちょうせい》となり講義を受けるが、「日本の大学と大して変わらない」と、通うことをやめ、シェイクスピア研究家のウィリアム・クレイグ教授について学ぶことにした。そのうちに、本を買って読むほうが良いと、現地での交際を広げることはせず、節約をして下宿に閉じこもった。翌明治三四年には『文学論』の執《しっ》筆《ぴつ》に取り組み始めている。

勝手のわからない異国の地で不安を抱《かか》えながら、日本に残してきた妻子に想いを馳せる。無事にお産をしたのか。男の子なのか女の子なのか。手紙が来ないことを寂《さび》しく思い、鏡子に二二通もの手紙をしたためる。

帰国から三年後、『坊っちゃん』執筆《しっぴつ》時の漱石

そして、何かとお金のかかるロンドンでの暮らしを続けるために生活を切り詰《つ》める。道を行き交う人々の肌《はだ》の色と自分の肌《はだ》の色の違《ちが》いにも戸惑《とまど》いを感じていた。

漱石を襲《おそ》う孤独感《こどくかん》は、幼少期からの記憶《きおく》が影響《えいきょう》しているとも言われている。傾《かたむ》きかけていた名家に望まれぬ末子として生まれ、一歳《さい》で塩原家の養子となる。九歳《さい》の時に塩原夫妻が離婚《りこん》したのを機に生家に戻《もど》ったが、一四歳《さい》で実母を亡くす。さらに二一歳《さい》まで籍《せき》はそのままだった。安定しない環境《かんきょう》と孤独感《こどくかん》は、漱石を学問へと向かわせた。

さらにはその学問においても、イギリス留学で「英語」を研究して戻《もど》ったところで、自らの志す「文学論」を突《つ》き詰《つ》めるのは難しいということも脳裏をよぎったはずだ。

「時機が来ていたんだ――処女作追懐談《ついかいだん》」にはこう記されている。

「然し留学中に段々文学がいやになった。西洋の詩などのあるものをよむと全く感じない。それを無理に嬉しがるのは何だかありもしない翅《はね》を生やして飛んでる人のような、金がないのにあるような顔して歩いて居る人のような気がしてならなかった」

国家に命ぜられて遠い国までやってきたものの、学問がうまくいかない。不安と焦《あせ》りと敗北感が漱石を襲《おそ》う。

明治三五年九月、「神経衰弱《すいじゃく》に陥《おちい》った」「発狂《はっきょう》した」との噂が日本に伝わった。漱石の親友であった正《まさ》岡子規《おかしき》は同年九月一九日に息を引き取っている。

一二月、漱石はようやくロンドンを後にした。

処女作『吾輩《わがはい》は猫《ねこ》である』が発表される二年前のことである。

漱石の蔵書印「漱石山房《さんぼう》」

第4講

寄り道のすすめ

「自己本位」に生きる

漱石は、『道楽と職業』という講演の中で興味深いことを話しています。少し要約しながら見ていきましょう。

「私たちの職業は非常に細分化され、生活は何をするにも人の世話にならなければ成り立たなくなった」

君たちが朝起きて学校に来るまでを考えてみてください。農家の人が作った米や野菜、漁師が獲《と》ってきた魚を食べて、誰《だれ》かが縫《ぬ》った服を着ている。学校まで来るにも、電車に乗って、道を歩いてきた。誰《だれ》かが電車を作って運転し、線路や道も誰《だれ》かが作ってくれた。

君たちの生活は誰《だれ》かの仕事に支えられている。一人では生きられません。

漱石はこう続けます。

「この世の中にある仕事は、自分の生活費を稼《かせ》ぎ欲望を満たすためでもあるが、実は他人のためにしている。職業とは、人のためにすること、すなわち『他人本位』である。

道楽であるうちは自分のやりたいことをやりたいようにやるから面白い。それが職業になった途端《とたん》に他人の手に権威《けんい》が移って苦痛になる。その法則から外れるのは、科学者、哲学者《てつがくしゃ》、芸術家などだ。これらは、『自己本位』でないと到底《とうてい》成功しない」

さて、漱石はどちらに当たるのか。漱石はこの時、文学を職業としていました。教員を辞め、新聞社に勤めている時です。

「芸術家というほどでもないけれど、人のために自分を捨てて世間のご機嫌《きげん》をとって職業となったのではなく、自然な『芸術的心術の発現』の結果として自分のために突《つ》き進んだら、偶然《ぐうぜん》、書いたものが人のためになって、報酬《ほうしゅう》がもらえるようになった」

そう話しています。

また、このような「自己本位」でないと成立しない職業は、「道楽すなわち本職」であるとも言います。道楽と本職は等しいものだということです。

そして、「そういう人に自己を捨てなければならないように強いたり、または否応《いやおう》無しに表現を曲げさせたりするのは、その人を殺すのと同じ結果に陥《おちい》る」とまで言い切っている。

私は、この講演の記録を読んで、もっともなことだと思いました。どうして漱石がわざわざそんなことを話したかというのもよく理解できた。これまでに触《ふ》れたような、漱石が「大人になる」過程だけでなく、日本の社会の傾向《けいこう》が背景にあるのです。日本では、楽しんで仕事をすると怒《おこ》られる。難行苦行《なんぎょうくぎょう》で、渋《しぶ》い顔をしてするものが偉《えら》い、それが良い仕事だと思われる節がある。

だから、日本ではモーツァルトよりもベートーベンが人気があるのです。モーツァルトは美味しいものを食べて機嫌《きげん》のいい時は、メロディがどんどん出てくると言っている。日本人はそんなものは仕事としてあまり認めたくない。道楽だと思ってしまう。苦虫をかみ潰《つぶ》したような顔のベートーベンのほうが、ありがたいと思うのでしょう。

一〇のうち三か四は休む

しかし、一生懸命《けんめい》働きすぎるのもちょっと問題です。

うちの親父の遺言には、「仕事は一〇できることは六つか七つにしておけ」とあります。親父は働きすぎて結核《けっかく》で倒《たお》れて亡くなりました。母は何かとこの話をしたものです。

人間というのは奇妙《きみょう》なもので、できることはできるだけやろうとする悪い癖《くせ》がある。できることをやらないというのはなかなか難しい。できるけどやらないようにする、やったほうが儲《もう》かるけれど、ほどほどにやって、三か四休む。それくらいがちょうどいいのです。

私は今日、ここで皆《みな》さんに話をするために、予定していたよりも三〇分早い電車に乗ってしまいました。その三〇分で冷やし中華《ちゅうか》を食べて、町をぶらぶらしました。しなければならないことが何もない時間が、ふとできると嬉しいものです。しかも、「何もない」と言っても人生に目的がないわけではない。私には、この中学校に来て、皆《みな》さんに話をするという仕事がある。

そういう時間が人生でいちばん豊かだと思います。

いまは大人だけでなく、子どもたちもとても忙《いそが》しそうです。学校から帰ってくると習い事や塾《じゅく》に行かなければならない。宿題もたくさんある。ぼーっとする豊かな時間を子どもたちは取り上げられている。

まさに、ミヒャエル・エンデ*の『モモ』です。『モモ』に出てくる時間泥棒《どろぼう》に時間を盗《ぬす》まれている。時間泥棒《どろぼう》は、「時間を貯金すれば命が倍になる」と嘘をつき、人々から時間を奪《うば》い、心の余裕《よゆう》をなくしていきます。

いま、君たちには自由になる時間はあるでしょうか。

学校は嫌《きら》いでもいい

私が子どもの頃《ころ》は時間がたっぷりありました。私は団体行動が苦手でした。二歳《さい》の時のヘルニアの術後が悪く、しょっちゅう微熱《びねつ》を出して幼稚園《ようちえん》を休んでいました。休みがちになるとますます行きたくなくなって、熱が下がってもなんとかして休むようにしていた。そして一人で虫を捕《と》っていました。

幼稚園《ようちえん》に行くと左利きを右利きに直されるのも嫌《いや》でした。幼稚園《ようちえん》の時から登園拒《きょ》否《ひ》。小学校一年生の時には東京の病院に入院しました。小学校もあまり好きではなかっ

＊ミヒャエル・エンデ

一九二九〜九五。ドイツの児童文学作家。『ジム・ボタンの機関車大旅行』でドイツ児童文学賞、人気作家に。その後『モモ』『はてしない物語』が世界中で読まれ、ファンタジーブームを巻き起こす。『モモ』は、時間泥棒《どろぼう》から盗《ぬす》まれた時間をとりかえす女の子モモの物語。

た。世間では登園拒否《きょひ》とか登校拒否《きょひ》というと、「外れている人」と思われる。でも私は、おかしいことではないと思っています。

学校はみんながみんな楽しく通える場所ではありません。

そもそも、学校は自然発生的にできたものではなく、一八七二年（明治五年）に国民教育を普及《ふきゅう》させるために小学校ができたのが始まりです。江戸《えど》時代にも武士の子どもを教育する学問所や藩校《はんこう》、町人が学ぶ寺子屋などはありましたが、目的がある人が自ら志願して学ぶものでした。そのほかは各家庭が子どもを育てながら家業に必要なことを教えていた。

最近になってようやく救済策ができて、フリースクールも認められるようになりました。全員が同じペースで同じことを教えられるのではなく、自分のやりたいことを自分のペースで学ぶことができる場所が必要な子もたくさんいる。そのほうが学びとしては自然です。

私にはそもそも学校が好きになる理由がありませんでした。勉強は好きだったので、母親が兄の友人に頼《たの》んで家庭教師をつけられていました。学校に行くと、みんなと同じ勉強はせず、机についている蓋《ふた》を持ち上げ、隠《かく》れて本を読んでいた。そんな私が人を教えるなんて、できるわけがないのです。

音と絵と言葉の関係性

少し脱線《だっせん》しますが、私は本だけが好きなわけではありません。漫画《まんが》も大好きです。京都国際マンガミュージアムの館長を一〇年間、務めました。

私はもう大人で、漫画《まんが》を読んでいても誰《だれ》にも何も言われません。君たちはきっと、「本が好き」と言えば「えらいね」と褒《ほ》められるのに、「漫画《まんが》が好き」と言うと「そんなものばっかり読んでないで勉強しろ」と言われるでしょう。

漫画《まんが》はなぜか一段低いものに見られがちです。でも本も漫画《まんが》も、実はそんなに違《ちが》わない。漫画《まんが》は、日本語には適した表現だということをお話ししましょう。

まず、言っておきたいのは、音楽と絵画と言葉、そこには面白い関係性があるということです（一〇三頁の図を参照）。

左の楕円《だえん》が音楽、右の楕円《だえん》が絵画だとします。音楽と絵画には重なる部分がありま す。それが言葉です。この三つの間にどういう関係があるか。音楽は耳がないと聞こえません。絵は目がないと見えません。しかし、言葉はどうでしょう。文字ならば目で読むことができる、話していることは耳で聞くことができる。

耳から入ってくる音、目から入ってくる絵や文字、それぞれの処理が完全に同じになると、言葉になります。

いま、私がこうして話していることは、このあと本になる。皆《みな》さんがいま、音として耳から聞いていることと、本になった時に文字として目で読むことは、それぞれ異なる感覚器官からの情報なのに、同じものとして処理することができる。それが言葉です。

音楽と絵画と言葉には共通することがあります。どれも、人に何かを伝える表現です。音と絵はアートの表現として古くから知られています。言葉を使った表現は、その中でも最も高度なものと言えます。

脳には右脳と左脳があり、右脳に聴覚系《ちょうかくけい》の音楽脳、視覚系の絵画脳がある。その二つが重なる部分は左脳にあり、情報系となって言葉になります。

そして、音楽と言葉、絵画と言葉のそれぞれの境界は曖昧《あいまい》です。その間で面白いことが起こります。

音楽と言葉の間にあるのは、何でしょう。例えば歌詞。少し古いけれど、堀内孝雄《ほりうちたかお》の歌に「君のひとみは１０００ボルト」という歌があります。物理の先生に、この言葉の意味を聞いてみてください。きっと、言葉の意味としては「ひとみが一万ボルトなんて、そんなことはありません」と言われる。でもあの歌を知っている人なら、すぐにそのフレーズを口ずさめます。

お経《きょう》はどうですか。なんと言っているかわからない。意味がわからないものを、言葉とは言いません。だけどそれは音楽とも言えない。音楽と言葉の境目にあるものです。漱石の言葉にリズムがあるのも、この境目に近い部分があるからです。

では、絵と言葉の間には何があるのか。そう、漫画《まんが》です。例えばサザエさんの顔は、どこにどう描《か》いてあってもサザエさん。漫画《まんが》の中で主人公が動けば、その様子がわかる。でもそれは、絵画とは言えないし、言葉でもありません。絵と言葉の境目です。

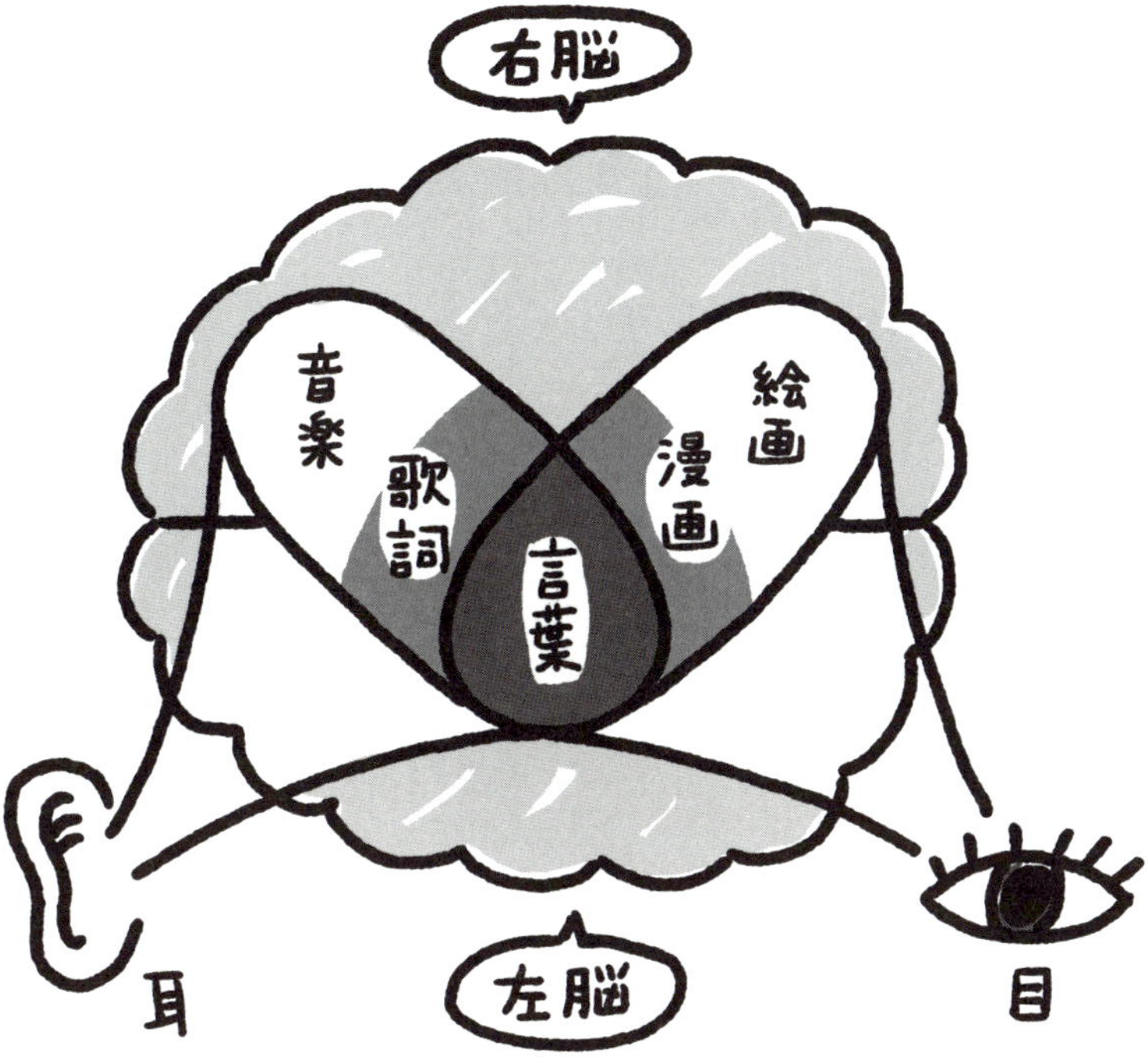

音楽と絵画と言葉の関係性。
音楽と絵画が重なる部分に言葉がある。
さらに、音楽と言葉、絵画と言葉の境界には、それぞれ歌詞と漫画《まんが》がある。

日本語ではこのように、音と言葉、絵と言葉の境目に属するものがほかにもあります。

音と言葉の境目には擬音語《ぎおんご》や幼児語があります。「ワンワン」「ニャンニャン」は鳴き声ですが、それがそのままその動物を指しています。「トントン」「カンカン」などは、音を聞いた時の感覚的な性質が残っている。日本語ではオノマトペ*が多用されます。ほかの言語では日本語ほどは見られない。日本語は感覚的な言語だと言えるでしょう。

絵と言葉の境目には、アイコンもあります。例えば、温泉マーク「♨」は、お湯の水面があって湯気が出ている。目で見た時の感覚的な性質がそこに残っています。しかし、なぜかそれは下等なものだと見られている。作文や論文の中にアイコンを描《か》いたら「ふざけるんじゃない」と怒《おこ》られるでしょう。

耳から入る情報、目から入る情報の感覚的性質が残っているものは、少し下等なものだと見られがちです。だから漫画《まんが》はどこか一段低いもののように捉《とら》えられている。漫画《まんが》が幼稚《ようち》なものだと言われる理由がここにあります。

＊オノマトペ
擬声語《ぎせいご》を意味するフランス語。擬音語《ぎおんご》、擬態語《ぎたいご》を合わせた総称《そうしょう》。擬音語《ぎおんご》、擬声語《ぎせいご》は「ガタンゴトン」「ワンワン」のように、無生物の立てる音や生物の声を表す。擬態語《ぎたいご》は「ノソノソ」「ピカピカ」のように、動作・状態などを音で象徴的《しょうちょうてき》に表現する。

しかし、日本人が漫画《まんが》を好むのにも根本的な理由があります。日本語には特有の性質があるからです。それが、漢字の音訓《おんくん》読みです。「重」は「ジュウ」「チョウ」「おもい」「かさねる」などと読みます。一つの図形に対して音が自由に付されている。図形でパッと意味を把握《はあく》できる。これは、漫画《まんが》につながる日本語の性質だと言えます。

漫画《まんが》ばっかり読むなと親や先生に怒《おこ》られたら、こんな話をしてあげてください。漫《まん》画《が》も捨てたものじゃないと思ってもらえるでしょう。

効率化では人は育たない

話を教育に戻《もど》します。私がいまの教育に抜《ぬ》けていると思うのは、『坊《ぼ》っちゃん』や漱石自身のテーマでもある、「大人になる」ということです。

日本の教育は、試験で高い点数を取ることばかりに執着《しゅうちゃく》して、人が成熟するためにはどうすればいいのかを教えてこなかった。

何かを効率的にこなすことが上手くなっても、それが必ずしも人が育ったことにはなりません。

例えば、鉛筆《えんぴつ》削《けず》り一つとっても、鉛筆《えんぴつ》をいちいち小刀で切り出して削《けず》ったら効率が悪い。鉛筆削《えんぴつけず》りの機械に突《つ》っ込《こ》んでガーッと削《けず》れば、そのぶん勉強できる。シャープペンシルならカチカチやればいい。でも、身体技能としては小刀一つ使えなくなってしまった。つまり、鉛筆削《えんぴつけず》りを機械で済ませて、空いた時間を勉強に使えばいいだけのことかといえば、そうではない。身体性を失ってしまうのは、想像以上に大きなことです。

効率化とは機能主義で、はっきり目的を定め、それに合わせていちばん合理的な方法をとることです。それは、ある欠点も包含《ほうがん》している。人間として大事なものを落っことしてしまう危険性があるのです。

大学にいた時、私も入試問題を作成することがありました。そこには常に疑問があった。合否のラインが五一三点だとすると、五一二点の人は不合格です。その一点の差は何なのか。それはただ、定員をオーバーしないための区切りです。

本当は入試問題にも答えの出ない問題を出したいけれど、そんなことをしたら、「正解は何だ。これでは点数がつけられない」と袋叩《ふくろだた》きにあいます。「答えのないのが問題だ」と私はいつも言っていますが、残念ながら、それが通る世界ではありません。

ただ一つの目的だけを効率よく達成することが大人になることではありません。無目的に山を歩き、ふと気がつくこと。虫を探すという目的がありつつも、違《ちが》う目的が思わぬことで達成されることもある。自然の中には全く予期せぬ出会いもある。寄り道や回り道をすることで、人間は思いがけず成熟していくのです。

最近の人は、安全な範囲内《はんいない》で物事を済まそうとする人が増えてきた。そうすると面白いことは起こりません。私は、「これをやろうと思うんですけど、どう思いますか」と聞かれると、「やってみなきゃわからない」と応えます。すると「無責任だ」と言われる。それなら人に忠告など求めず、自分で決めたらいいのです。ダメでもともと、試してみてダメなら仕方がない。そういうことを若いうちにたくさんやっておくことをお勧《すす》めします。

私、ラオスによく行くんです。そう言うと必ず「何しに行くんですか」と聞かれます。「虫捕《と》りに行くんだよ」と言うと、「へえ、何が捕《と》れるんですか」とくる。そんなもの、何が捕《と》れるかわかっていたら行きません。わからないから面白い。あらかじめ何が捕《と》れるかわかっていて、それが欲しいだけなら、現地の人にお金を払《はら》って「あれ捕《と》って来てよ」と言えば済むことです。

どんなに入念に準備をしても、確実に成功が見込《みこ》める道ばかりではないということを、忘れてしまっている人が多い。虫捕《と》りに行くのだって命がけなんです。小さい飛行機に乗って山奥《やまおく》に飛んで行くこともあります。山から帰って来てホテルに戻《もど》ったら、私が乗ってきた飛行機が帰りに突風《とっぷう》に吹《ふ》かれて谷底に墜落《ついらく》、原形をとどめないほどバラバラになったこともある。一歩間違《まちが》っていれば、いま私はここにいません。

そんなことは、人間の知恵《ちえ》でいくら考えたってわからない。人生というものは、いろんな運が重なってできている。歳《とし》をとると、そういうことが何となくわかってきます。いまの人は徹底的《てっていてき》に計算して予測を立てますが、私はそれをあまり信じていない。信じなくても八〇歳《さい》くらいまではこうして何とか生きてこられました。

坊っちゃんを支える「清」の存在

ずいぶん『坊っちゃん』から離《はな》れたようです。そろそろ時間も迫《せま》ってきたので、話を戻《もど》しましょう。

第2講で、「社会や世の中とのズレ」が、ものを書く動機になるという話をしました。私の話を聞いているとわかると思いますが、私はあちこちで世の中とのズレを感じています。

漱石もズレを感じていた。そこから目をそらさず、しっかりと見据《みす》えていた。「坊っちゃん」もまた、純粋《じゅんすい》に、そのズレを捉《とら》えようとしています。そして、ズレを感じるたびに「清《きよ》」を思い出しているのです。

宿直の際、生徒のいたずらか、バッタが五、六〇匹《びき》布団の中に入っていたことを思い返す時、坊っちゃんは清のことを懐《なつか》しみます。

考えてみると厄介《やっかい》な所へ来たもんだ。一体中学の先生なんて、どこへ行っても、

こんなものを相手にするなら気の毒なものだ。よく先生が品切れにならない。余っ程辛防《しんぼう》強い朴念仁《ぼくねんじん》がなるんだろう。おれには到底《とうてい》やり切れない。それを思うと清なんてのは見上げたものだ。教育もない身分もない婆《ばあ》さんだが、人間としては頗《すこぶ》る尊《たっ》とい。今まではあんなに世話になって別段難有《ありがた》いとも思わなかったが、こうして、一人で遠国《えんごく》へ来てみると、始めてあの親切がわかる。越後《えちご》の笹飴《ささあめ》が食いたければ、わざわざ越後《えちご》まで買いに行って食わしてやっても、食わせるだけの価値は充分《じゅうぶん》ある。清はおれの事を慾《よく》がなくって、真直《まっすぐ》な気性だと云って、ほめるが、ほめられるおれよりも、ほめる本人の方が立派な人間だ。何だか清に逢いたくなった。

赤シャツが坊っちゃんに忠告をする場面でも、清が思い浮《う》かびます。帝大《ていだい》を出た文士だという教頭の赤シャツは、学歴や権力を振《ふ》りかざす嫌《いや》な奴《やつ》として描《えが》かれている。

漱石が自分を赤シャツとして描《えが》いたというよりは、帝大《ていだい》を出ていい気になってはいけないという自戒《じかい》の念を込《こ》めて、こういう人物ができたのでしょう。

「書生流に淡泊《たんぱく》には行かないから気をつけなさい」と、言外に「おれの言うことを黙《だま》って聞いていればいい」と匂《にお》わせる赤シャツに、坊っちゃんは釘を刺《さ》されます。

「気をつけろったって、これより気の付け様はありません。わるい事をしなけりゃ好《い》いんでしょう」

赤シャツはホホホホと笑った。別段おれは笑われる様な事を云った覚《おぼえ》はない。今日《こんにち》只今に至るまでこれでいいと堅《かた》く信じている。考えてみると世間の大部分の人はわるくなる事を奨励《しょうれい》している様に思う。わるくならなければ社会に成功はしないものと信じているらしい。たまに正直な純粋《じゅんすい》な人を見ると、坊っちゃんだの小僧《こぞう》だのと難癖《なんくせ》をつけて軽蔑《けいべつ》する。それじゃ小学校や中学校で嘘をつくな、正直にしろと倫理《りんり》の先生が教えない方がいい。いっそ思い切って学校で嘘をつく法とか、人を信じない術とか、人を乗せる策を教授する方が、世の為《ため》にも当人の為《ため》にもなるだろう。赤シャツがホホホホと笑ったのは、おれの単純なのを笑った

のだ。単純や真率《しんそつ》が笑われる世の中じゃ仕様がない。清はこんな時に決して笑った事はない。大に感心して聞いたもんだ。清の方が赤シャツより余っ程上等だ。

慣れない土地、松山で、教師として走り出した坊っちゃんの純粋《じゅんすい》さを支えているのは清の存在だということがわかります。

そしてさらに、赤シャツは山嵐《やまあらし》と坊っちゃんを仲たがいさせようと嘘を吹《ふ》き込《こ》みます。山嵐はよくないやつだと言われ、山嵐に奢《おご》ってもらった氷水について、一銭五厘《りん》を返すか返さないかと悩《なや》み考える時にも、坊っちゃんの脳裏には清がいるのです。

おれは清から三円借りている。その三円は五年経った今日までまだ返さない。返せないんじゃない、返さないんだ。清は今に返すだろうなどと、苟《かりそ》めにもおれの懐中《かいちゅう》をあてにはしていない。おれも今に返そうなどと他人がましい義理立てはしない積《つもり》だ。こっちがこんな心配をすればする程清の心を疑ぐる様なもので、清の美しい心にけちを付けると同じ事になる。返さないのは清を踏《ふ》みつけるの

じゃない、清をおれの片破《かたわ》れと思うからだ。清と山嵐とは固《もと》より比べ物にならないが、たとい氷水だろうが、甘茶《あまちゃ》だろうが、他人から恵《めぐみ》を受けて、だまっているのは向うを一《ひ》と角《かど》の人間と見立てて、その人間に対する厚意《こうい》の所作《しょさ》だ。

坊っちゃんは松山に行ってからも、折々に清に手紙を書いていました。しかし、坊っちゃんが徐々《じょじょ》に教師間の関係性に気づき始め、ことが動き始めると、清の描写《びょうしゃ》が少なくなっていきます。

「やってみる」と何かが変わる

佳境《かきょう》に入ってくると、坊っちゃんが清に手紙を書くことに躊躇《ちゅうちょ》する様子が描《えが》かれます。

おれは筆と巻紙を抛《ほう》り出して、ごろりと転《ころ》がって肱枕《ひじまくら》をして庭の方を眺《なが》めてみ

たが、やっぱり清の事が気にかかる。その時おれはこう思った。こうして遠くへ来てまで、清の身の上を案じていてやりさえすれば、おれの真心《まこと》は清に通じるに違《ちがい》ない。通じさえすれば手紙なんぞやる必要はない。やらなければ無事で暮してると思ってるだろう。たよりは死んだ時か病気の時か、何か事の起った時にやりさえすればいい訳だ。

そこから、坊っちゃんが清を思い浮《う》かべる頻度《ひんど》がグッと減る。ここまでは坊っちゃんがブツブツと文句を言いながら思いを巡《めぐ》らせているだけですが、ここから一気に行動に移ります。思いを実行する。知行合一《ちこうごういつ》*です。

相手が気に障《さわ》ることを言う。それが脳に入る。行動を起こせば、環境《かんきょう》が変わる。そしてまた入力が変わる。出力が変わる。入力と出力を回して循環《じゅんかん》が起こり始めます。「やってみなきゃわからない」と私が先ほども言ったように、やってみることで、何かが必ず変わる。それが良いことだという保証などどこにもありませんが、何もしないよりは環境《かんきょう》が動くということです。

＊知行合一

明の王陽明が提唱した「本当の知は必ず実践《じっせん》を伴《ともな》う」とする考え。南宋の朱子《しゅし》が打ち立てた「広く知を得た後にこそ正しい実践《じっせん》が行われる」とする「知先行後《ちせんこうご》説《せつ》」に対するもの。

人生とはこういうものだ

『坊っちゃん』には勧善懲悪《かんぜんちょうあく》が描《えが》かれています。

赤シャツがうらなり君の婚約者《こんやくしゃ》であるマドンナを横取りしようと、うらなり君を左遷《させん》してしまいます。その時に裏で糸を引いていたのが赤シャツと野だだったことを知ると、山嵐とのわだかまりも解けます。二人で赤シャツと野だを懲《こ》らしめようとする。その後、坊っちゃんは山嵐とともに、芸者遊びをしていた二人を取り押《お》さえ、正面から言いたいことをぶつけてスッキリした。

一見、坊っちゃんと山嵐が勝ったようにも見えます。しかし、結果的には二人とも学校に辞表を出して松山を離《はな》れるのです。

その夜おれと山嵐はこの不浄《ふじょう》な地を離《はな》れた。船が岸を去れば去る程いい心持ちがした。

心持ちはいいとはいえ、状況《じょうきょう》としては赤シャツと野だはそのまま松山でのうのうと生きて行くことになる。では、坊っちゃんは、悪に敗れたのか。

ここで、久しぶりに清のことが出てきます。本当に最後の数行です。

清の事を話すのを忘れていた。——おれが東京へ着いて下宿へも行かず、革鞄《かばん》を提《さ》げたまま、清や帰ったよと飛び込《こ》んだら、あら坊《ぼ》っちゃん、よくまあ、早く帰って来て下さったと涙《なみだ》をぽたぽたと落した。おれも余り嬉《うれ》しかったから、もう田舎《いなか》へは行かない、東京で清とうちを持つんだと云った。

その後ある人の周旋《しゅうせん》で街鉄《がいてつ》の技手になった。月給は二十五円で、家賃は六円だ。清は玄関《げんかん》付きの家でなくっても至極《しごく》満足の様子であったが気の毒な事に今年の二月肺炎《はいえん》に罹《かか》って死んでしまった。死ぬ前日おれを呼んで坊っちゃん後生《ごしょう》だから清が死んだら、坊っちゃんの御寺《おてら》へ埋《う》めて下さい。御墓《おはか》のなかで坊っちゃんの来るのを楽しみに待っておりますと云った。だから清の墓は小日向《こびなた》の養源寺《ようげんじ》にある。

清は変わらずに暖かく坊っちゃんを迎《むか》えます。無条件に裏も表もなく、坊っちゃんを受け入れる。

皆《みな》さんから、『坊っちゃん』という小説の終わり方についていくつか同じ質問がありました。

――清が死んだところで終わらせたのはなぜだと思いますか。
――なぜ清のお墓の話で終わっているのですか。
――なぜこの物語は清の死で終わるのか。

さて、それはなぜか。皆《みな》さんにはもうわかるでしょう。それは一人ひとりで感じてください。

最後の一文「だから清の墓は小日向の養源寺にある」は、非常に印象に残ります。松山の中学校での様々な事件は、ずっと流れるようなテンポで描《えが》かれてきました。なのに、東京に戻《もど》ってわずか数行のうちに、清が亡くなり、ここで突然《とつぜん》にポンと終わってしまう。

坊っちゃんは、清に相当強い気持ちを持っていました。清が死ぬことで、坊っちゃんは一人になる。ここで物語は終わっても、坊っちゃんの人生はこれからも続きます。

死とは突然《とつぜん》やってくる。人は死んでも、心の中に生き続ける。

人生は、こういうものだと思います。

特別授業を受けて
——生徒たちの感想

生徒A

私自身、本は好きですが、一冊の本から話題を次々に作り、あんなに広げられるのは流石《さすが》だと思いました。また、養老先生ご自身の経験をもとに、人生について熱く語っていただいたことが、とても心に残っています。

生徒B

日本語の話では、日本語の奥深《おくぶか》さについてよく知ることができた。最近は「英語、英語」と騒《さわ》がれているが、日本語の良さを改めて実感できた。

生徒C

『坊っちゃん』は大人になる過程の話だと

いうことを知り、留学で大人になるきっかけをつかんだ漱石だから書けた物語なのだと思いました。この物語のように自分のできることを見つけ、次の道を作っていきたいと思います。

生徒D

どこで、いつ、どのようにして大人になったのか。僕《ぼく》は養老先生がおっしゃっていた「自分で考え、自分で生きるようになった時」という言葉に深く共感しました。

生徒E

私は「大人になる」という言葉には「自分で自分を律することができるようになる」「多様な観点で考えることができるようになる」という良いイメージばかり持っていました。しかし、「人を疑う」「人を利用して得をする」という、赤シャツや野だが得意で坊っちゃんが苦手なことをできるようになるのも、「大人になる」ことだと気づきました。それらは社会でうまく生きていくうえで必要なことだと思いますし、私も実際にやってしまいます。でも、そればかりではなく、坊っちゃんのように、ときには自分の損得を横に置いて、正しいことは正しい、間違《まちが》っていることは間違《まちが》っているとはっきり言えるようになりたいです。この本は、私たち中学生に「どんな大人になりたいですか？」と問いかけてくれている気がします。

生徒F

授業の中で養老先生は「現代の日本語の原型は漱石が作った」とおっしゃっていた。明治時代まで日本語はあやふやだったという。そんな中、漱石が発した「文学とは何か」という問いに対する漱石なりの答えを、私たちは後世に受け継《つ》いでいくべきだと思った。

生徒G

「大人とは何か」について考えることができた。肉体的な成長と精神的な成長は異なる。小学生の頃《ころ》を思い出して「馬鹿《ばか》なことをしていたな」と感じるのは、心の成長のおかげかなと思った。

生徒H

私は養老先生の授業で「言葉の捉《とら》え方」の話が最も印象に残りました。私は対象となる人に伝えたいことがあるのなら、自分が最も伝えやすい、その目的にある程度沿った方法で伝えることができたらいいなと思います。今回の特別授業で学んだ「漱石が伝えたかったこと」を活用して、素直にまっすぐ人に伝わる言葉を身につけていきたいと思います。

※授業後、学校に提出された感想文より抜粋《ばっすい》して掲載《けいさい》しました。

夏目漱石略年表

元号	西暦《せいれき》	年齢《ねんれい》	漱石の生涯《しょうがい》	日本史・文学
慶応《けいおう》3	1867	0	2月9日、江戸《えど》牛込《うしごめ》馬場下横町（現・新宿区牛込喜久井町《うしごめきくいちょう》）で誕生。五男末子で金之助と命名。	大政奉還《ほうかん》
明治元	1868	1	塩原家の養子となる。	王政復古の大号令。江戸《えど》を東京と改称《かいしょう》。オルコット『若草物語』
明治5	1872	5	疱瘡を患《わずら》う。	太陽暦《たいようれき》を導入する。福沢諭吉《ふくざわゆきち》『学問のすゝめ』
明治7	1874	7	浅草寿町《ことぶきちょう》の戸田小学校に入学。	自由民権運動が始まる。
明治9	1876	9	養父母離婚《りこん》で夏目家に引き取られる。市谷小学校に転校。	廃刀令《はいとうれい》、秩禄処分《ちつろくしょぶん》（華士族《かしぞく》への秩禄《ちつろく》支給の廃止《はいし》）が発布。
明治10	1877	10	中根キヨ（後の鏡子）誕生。	西南戦争
明治11	1878	11	4月、市谷小学校を卒業。	東京で電灯が点灯する。
明治12	1879	12	10月、東京府立第一中学校に入学。	琉球藩《りゅうきゅうはん》が沖縄《おきなわ》県となる。ドストエフスキー『カラマーゾフの兄弟』
明治14	1881	14	1月、実母・千枝死去。4月、麴町の漢学塾《かんがくじゅく》・二松学舎に転校。	国会開設の詔《みことのり》（10年後に国会を開設する公約）
明治16	1883	16	大学予備門受験準備のため、神田駿河台の成立学舎に入る。	ニーチェ『ツァラツストラはかく語りき』（〜85）
明治17	1884	17	東京大学予備門予科（のちの第一高等中学校）に入学。入学直後に盲腸炎《もうちょうえん》を患《わずら》う。	マーク・トウェイン『ハックルベリー・フィンの冒険《ぼうけん》』
明治19	1886	19	7月、腹膜炎《ふくまくえん》のため進級試験を受けられず留年する。	スティーヴンソン『ジキル博士とハイド氏』
明治20	1887	20	3月、長兄・大助死去。6月、次兄・直則死去。	二葉亭四迷《ふたばていしめい》『浮雲《うきぐも》』

明治21	1888	21	1月、夏目家に復籍《ふくせき》する。7月、第一高等中学校卒業。9月、第一高等中学校本科英文科に進学。	
明治22	1889	22	1月頃《ごろ》、正岡子規《まさおかしき》と知りあう。5月、正岡子規『七艸集』に「漱石」と署名。9月、紀行漢文集『木屑録』脱稿《だっこう》。	大日本帝国《ていこく》憲法が発布。東海道線が全線開通する。
明治23	1890	23	7月、第一高等中学校本科を卒業。9月、帝国《ていこく》大学文科大学英文学科入学、文部省貸費生となる。	第1回衆議院選挙が行われる。教育勅語《ちょくご》が発布。森鷗外『舞姫《まいひめ》』、若松賤子訳『小公子』(〜92)
明治24	1891	24	7月、嫂・登世死去。12月、ディクソン教授の依頼《いらい》により『方丈記《ほうじょうき》』を英訳。	幸田露伴《こうだろはん》『五重塔《ごじゅうのとう》』、「早稲田《わせだ》文学」が創刊。
明治25	1892	25	5月、東京専門学校（現・早稲田《わせだ》大学）の講師となる。8月、子規の紹介《しょうかい》で高浜虚子《たかはまきょし》と知りあう。	
明治26	1893	26	7月、帝国《ていこく》大学文科大学英文学科を卒業、帝国《ていこく》大学大学院に入学。10月、東京高等師範《しはん》学校英語教師となる。	
明治27	1894	27	10月、小石川表町の法蔵院に引っ越《こ》す。	日清戦争が起きる。樋口一葉『大つごもり』
明治28	1895	28	4月、東京高等師範《しはん》学校と東京専門学校を辞めて、松山中学（愛媛《えひめ》県尋常《じんじょう》中学校）教諭《きょうゆ》に就任。6月、転居し「愚陀仏庵《ぐだぶつあん》」と名付ける。8月、従軍中の子規が病気のため帰国、10月まで漱石の下宿に住む。12月、中根鏡子と見合いをして婚約《こんやく》が成立。	下関条約が調印される。樋口一葉『たけくらべ』
明治29	1896	29	4月、松山中学を辞職、熊本《くまもと》県第五高等学校の講師に就任。6月、中根鏡子と結婚《けっこん》（自宅で挙式）。	
明治30	1897	30	6月、父・直克《なおよし》死去。	「ホトトギス」が創刊。尾崎紅葉《おざきこうよう》『金色夜叉』

元号	西暦《せいれき》	年齢《ねんれい》	漱石の生涯《しょうがい》	日本史・文学
明治31	1898	31	7月頃《ごろ》、鏡子が自殺を図る。	国木田独歩『武蔵野』、徳冨蘆花『不如帰《ほととぎす》』、正岡子規《まさおかしき》『歌よみに与《あた》ふる書』
明治32	1899	32	5月、長女・筆子誕生。6月、英語主任となる。	
明治33	1900	33	5月、文部省からイギリス留学を命じられる。9月、横浜港《よこはまこう》を出港。10月、ロンドン着。シェイクスピア研究家・クレイグ教授の個人授業を受ける。	泉鏡花『高野聖』、新渡戸稲造《にとべいなぞう》『武士道』
明治34	1901	34	1月、次女・恒子《つねこ》誕生。この頃《ころ》より「文学論」執筆《しっぴつ》のため下宿に閉じこもる。	与謝野晶子《よさのあきこ》『みだれ髪《がみ》』
明治35	1902	35	9月、子規死去（帰国直前に虚子《きょし》の報せで知る）。この頃《ころ》、強度の神経衰弱《すいじゃく》に悩《なや》む。12月、帰国の途《と》に着く。	日英同盟が締結《ていけつ》。
明治36	1903	36	1月、東京に帰着。中根家の隠居所《いんきょしょ》に落ち着く。3月、本郷区駒込《こまごめ》千駄木《せんだぎ》に転居。4月、第一高等学校と東京帝国《ていこく》大学英文科の講師に就任。9月、東大で「文学論」を開講。10月、三女・栄子誕生。	チェーホフ『桜の園』
明治37	1904	37	4月、明治大学講師に就任。12月、「吾輩《わがはい》は猫《ねこ》である」の執筆《しっぴつ》を始める。	日露《にちろ》戦争が起こる。ロマン・ロラン『ジャン・クリストフ』
明治38	1905	38	1月、「吾輩《わがはい》は猫《ねこ》である」（「ホトトギス」）、「倫敦塔《ろんどんとう》」（「帝国《ていこく》文学」）を発表。6月、「文学論」校了《こうりょう》。10月、『吾輩《わがはい》は猫《ねこ》である（上）』20日間で初版が売り切れる。12月、四女・愛子誕生。	日露《にちろ》講和会議
明治39	1906	39	4月、「坊《ぼ》っちゃん」（「ホトトギス」）を発表。9月、「草枕《くさまくら》」（「新小説」）を発表。12月、本郷区西片町に転居。	島崎藤村《しまざきとうそん》『破戒《はかい》』、岡倉天心《おかくらてんしん》『茶の本』、ヘッセ『車輪の下』
明治40	1907	40	1月、「野分」（「ホトトギス」）を発表。3月、大学・高等学校に辞表を提出。4月、朝日新聞社に入社。5月、『文学論』（大倉書店）	田山花袋《たやまかたい》『蒲団』

			を刊行。6月、長男・純一誕生、「虞美人草《ぐびじんそう》」(朝日新聞)の連載《れんさい》を始める。9月、牛込《うしごめ》区早稲田《わせだ》南町へ転居。	
明治41	1908	41	1月、「坑夫《こうふ》」(朝日新聞)の連載《れんさい》を始める。6月、「文鳥」(大阪《おおさか》朝日新聞)を短期連載《れんさい》。7~8月、「夢十夜」(朝日新聞)を断続連載《れんさい》。9月、「三四郎《さんしろう》」(朝日新聞)の連載《れんさい》を始める。12月、次男・伸六《しんろく》誕生。	モンゴメリ『赤毛のアン』
明治42	1909	42	1月、「永日小品」(朝日新聞)を発表。6月、「それから」(朝日新聞)の連載《れんさい》を始める。脱稿《だっこう》後あたりから胃痛が激しくなる。11月、朝日文芸欄《ぶんげいらん》創設、主宰《しゅさい》となる。	
明治43	1910	43	3月、「門」(朝日新聞)の連載《れんさい》を始める。五女・ひな子誕生。6月、胃潰瘍《いかいよう》のため入院。7月、退院。8月、伊豆修善寺温泉に転地療養《りょうよう》も、大量の吐血《とけつ》のため危篤《きとく》状態に陥《おち》る。	日韓併合《にっかんへいごう》。石川啄木『一握《いちあく》の砂』
明治44	1911	44	2月、文学博士号を辞退。8月、「道楽と職業」と題して講演をする。11月、五女・ひな子急死。	有島武郎《ありしまたけお》『或る女』、西田幾多郎《にしだきたろう》『善の研究』
明治45 大正元	1912	45	1月、「彼岸過迄《ひがんすぎまで》」(朝日新聞)の連載《れんさい》を始める。12月、「行人」(朝日新聞)の連載《れんさい》を始める。	明治天皇が崩御《ほうぎょ》。
大正2	1913	46	3月、胃潰瘍《いかいよう》が再発。	中勘助《なかかんすけ》『銀の匙《さじ》』、プルースト『失われた時を求めて』(~27)
大正3	1914	47	3月、「私の個人主義」(「輔仁会雑誌」)を発表。4月、「こころ」(朝日新聞)の連載《れんさい》を始める。	第一次世界大戦が起きる。高村光太郎《たかむらこうたろう》『道程』
大正4	1915	48	1月、「硝子戸《がらすど》の中」(朝日新聞)の連載《れんさい》を始める。6月、「道草」(朝日新聞)の連載《れんさい》を始める。	芥川龍之介《あくたがわりゅうのすけ》『羅生門《らしょうもん》』、モーム『人間の絆』
大正5	1916	49	5月、「明暗」(朝日新聞)の連載《れんさい》を始める。12月9日、死去。	芥川龍之介『鼻』、カフカ『変身』

Special Thanks（お茶の水女子大学附属中学校でご協力いただいた皆さん。敬称略）

植村藍子、久保奈々、小岩明史、佐藤由唯、荻野梓、平澤蓮、廣子和里（以上、2年生）
市川真奈美、伊藤高太郎、加賀陽菜、齋藤真理子、塚本里沙、福田幸純、堀内愛海、
森田桃子（以上、3年生）　加賀美常美代、小泉薫、市川千恵美、奥山文子（以上、先生）

［画像提供］

国立国会図書館ウェブ‥14、17、21、85ページ
フェリス女学院資料室蔵………………19ページ
ユニフォトプレス……………26、27、98ページ
日本近代文学館……………………………35ページ
神奈川近代文学館‥36、62、63、90、91ページ
朝日新聞社／ユニフォトプレス……79ページ
報徳博物館……………………………………84ページ

［コラム参考文献］

夏目鏡子『漱石の思ひ出』櫻菊書院、1948／荒正人『評伝 夏目漱石』実業之日本社、1960／夏目漱石『漱石全集 第14巻』角川書店、1963／江藤淳『夏目漱石』勁草書房、1965／江藤淳『漱石とその時代　第一部』『同　第二部』新潮社、1970／「別冊太陽　夏目漱石」平凡社、1980／出口保夫／ワット・アンドリュー『漱石のロンドン風景』研究社出版、1985／稲垣瑞穂『夏目漱石と倫敦留学 新訂版』吾妻書房、1994

編集協力／太田美由紀、松井由理子
表紙・本文イラスト／浅妻健司
校正／牟田都子
授業撮影／丸山 光
協力／NHKエデュケーショナル
図書館版制作協力／松尾里央、石川守延（ナイスク）
図書館版表紙デザイン・本文組版／佐々木志帆（ナイスク）

本書は、2018年4月22日に東京のお茶の水女子大学附属中学校で行われた「養老孟司 特別授業」をもとに、加筆を施したうえで構成したものです。なお引用については、夏目漱石『坊っちゃん』（新潮文庫、第158刷）に拠っています。編集部で適宜ルビを入れたところがあります。このテーマの放送はありません。

養老孟司（ようろう・たけし）

1937年、鎌倉市生まれ。東京大学医学部卒業。専門は解剖学。1995年、東京大学医学部教授を退官し、同大学名誉教授に。1989年、『からだの見方』（筑摩書房）でサントリー学芸賞を受賞。著書に『唯脳論』（青土社・ちくま学芸文庫）、『バカの壁』『「自分」の壁』『遺言。』（以上、新潮新書）、『日本のリアル』『文系の壁』『半分生きて、半分死んでいる』（以上、ＰＨＰ新書）など多数。

図書館版 NHK100分de名著　読書の学校

養老孟司 特別授業『坊っちゃん』

2019年2月20日　第1刷発行

著　者　養老孟司

発行者　森永公紀
発行所　NHK出版
〒150-8081 東京都渋谷区宇田川町41-1
電話　0570-002-042（編集）
0570-000-321（注文）
ホームページ　http://www.nhk-book.co.jp
振替　00110-1-49701
印刷・製本　廣済堂

ISBN978-4-14-081769-8　C0090